Joanna

Jan Otrysko

Joanna

Ein neues Leben nach dem Leben.

Bibliografische Information der Deutschen
Nationalbibliothek:
Die Deutsche Nationalbibliothek verzeichnet diese
Publikation in der Deutschen Nationalbibliografie;
detaillierte bibliografische Daten sind im Internet über
http://dnb.dnb.de abrufbar.

Covermotiv: 123RF / © Anastasia Vish
Umschlagdesign, Herstellung und Verlag:
BoD – Books on Demand, Norderstedt

ISBN 978-3-7526-4154-7

Abgesehen von historischen und allgemein bekannten Tatsachen ist jede Ähnlichkeit mit Menschen zufällig.

Die Protagonisten sind literarische Personen, leben aber in der realen Welt. Sie tragen Kleidung, fahren Autos, Züge und so weiter.

Der Autor wählte Waren und Dienstleistungen ohne kommerzielles Interesse.

Motto:

Und es gehört zu Seinen Zeichen, dass Er euch aus euch selbst Gattinnen erschaffen hat, damit ihr bei ihnen Ruhe findet; und Er hat Zuneigung und Barmherzigkeit zwischen euch gesetzt.[1]

---

[1] [Koran 30:21] [VLW 12.]

Ein Zitat des Koran:

Und Wir entsandten dich nur zur gesamten Menschheit als einen Freudenboten und Warner, jedoch wissen es die meisten Menschen nicht.[2]

---

[2] [Koran 34:27] [VLW 4.]

I.

- Grüß Gott, ich heiße Manfred. Ich habe um 17 Uhr einen Termin mit Joanna.

Joanna trug einen silbernen trägerlosen BH und kurze Shorts. Sie trug offene rote Pantoletten von Gabor und malte ihre Fingernägel und Zehennägel blau. Sie betonte ihre Augenbrauen mit Henna und bedeckte ihre Augenlider mit einem hellblauen Schatten.

– Wie wir am Telefon vereinbart haben, möchte ich eine einstündige Entspannungsmassage haben - sagte er.

– Hallo. Ich möchte betonen, dass ich nur Sex mit einem Kondom habe - sagte Joanna und zeigte Manfred ins Badezimmer.

Auf einem kleinen Tisch standen Flaschen Soda, stilles Wasser und Cola-Zero. Nebenan stand auch ein kleines Keramikschwein mit der Beschriftung "Trinkgeld".

Manfred bezahlte wie vereinbart und nahm eine Flasche Wasser und eine Cola. Er warf 5 Euro ins Sparschwein.

II.

Es war Joannas letzter Klient an diesem Tag, da sie beabsichtigte, am nächsten Tag zur Beerdigung ihres Stammkunden zu gehen. Nach dem Bad zog sie einen kurzen Jeansrock und ein dunkelrotes Oberteil an. Sie steckte ihre Füße in weiße Rieker-Sandaletten.

Als sie nach Hause kam, waren ihre Hunde Friedeck und Luca sehr zufrieden mit ihrer baldigen Rückkehr. Joanna gab ihnen frisches Wasser und Essen, und die drei machten einen kurzen Spaziergang.

Die Prostituierte lebte in einer kleinen Stadt im Bergischen Land zwischen Wäldern und Weiden. Die Stadt war ungefähr zwei Kilometer von der Autobahn entfernt. Dort lebten ungefähr fünfundzwanzigtausend Menschen. In der Nähe ihrer Wohnung gab es einen wunderschönen Park - ihr Lieblingsplatz für Spaziergänge mit dem Hund. Sie ging zweimal pro Woche mit ihren Haustieren in den Wald.

Es war Mitte Juni, es war fast 19 Uhr. Die Tage waren sehr lang, die Sonne stand immer noch hoch, aber die Hitze hatte etwas nachgelassen. Ihre Hunde spielten mit einem kleinen Gummiball auf dem Rasen.

Joanna setzte sich auf die Bank und dachte an den nächsten Tag. Sie möchte zur Beerdigung ihres geliebten Klienten gehen. Er wird seine Frau, Söhne und Familie treffen. Sie wusste, dass dies für beide Seiten eine seltsame Situation sein würde. Sie erinnerte sich an ihre Beziehung zu dem Mann. Sie waren nie ein echtes Paar, aber er war eine sehr wichtige Person für sie, in die sie sich schließlich verliebte. Es war ihre erste echte Liebe.

Sie saß auf der Bank und dachte an ihren Besuch im Duisburger Theater mit ihm zurück. Damals wurde die Oper von Georges Bizet "Carmen"[3] inszeniert.

Sie erinnerte sich an die berühmte Arie "Habanera" aus der Oper.

---

[3] [VM 1.]

Liebe ist wie ein wilder Vogel
Wer den will zähmen
Hat es schwer
Ganz umsonst wirst du nach ihm rufen
Wenn er nicht will
Kommt er nicht her.
Nichts zu wollen mit Drohn und Bitten
Kein Schmeicheln hilft und keine Wut
Grad der and're ist gern gelitten
Obwohl er schweigt
Bin ich ihm gut.
Ja, gut
Ja, gut
Ja, gut
Nur Mut
Die Liebe gleicht Zigeunerart
Für sie ist keinerlei Gesetz gemacht
Auch wenn du mich nicht liebst:
Ich lieb' dich
Und lieb' ich dich
Nimm dich in Acht!
Auch wenn du mich nicht liebst
Auch wenn du mich nicht liebst:
Ich lieb dich!
Und wenn ich liebe
Wirklich liebe
Gib acht auf dich![4]

---

[4] [VLW 9.]

Joanna dachte, wie bitter das Leben manchmal ist. Selbst Georges Bizet konnte "Carmens" Erfolg nicht lange genießen. Er starb im Alter von sechsunddreißig Jahren, nur drei Monate nach der Uraufführung der Oper, an einem Herzinfarkt.[5]

Als sie mit den Hunden nach Hause kam, bereitete sie ein kleines Abendessen vor und hörte Céline Dions Musik. Sie mag besonders den Standard-Song aus dem Film Titanic: "My Heart Will Go On"[6].

Sie malte ihre Nägel mit rotem Nagellack. Sie ging früher ins Bett, weil der Sohn des Verstorbenen sie am nächsten Tag um zehn Uhr abholen sollte. Sie hatte den jungen Mann nicht getroffen, aber sie kannte das Auto seines Vaters.

---

[5] [VLW 14.]

[6] [VM 5.]

III.

Zwei Monate nach der Beerdigung des Geliebten erschien im Zusammenhang mit dem Testament eine Vorladung im Briefkasten. Joanna hatte das nicht erwartet. Es wurde angekündigt, dass in zehn Tagen um elf Uhr eine Anhörung im Gerichtssaal 10 des Amtsgerichts stattfinden würde.

Joanna hatte keine Ahnung, wo sich das Gerichtsgebäude befand, also rief sie Edward an, den Sohn des Erblassers.

- Hallo Edward, das ist Joanna.

Edward erkannte sie sofort.

- Hallo Joanna, wie geht es dir?

- Danke schön. Ich habe einen Brief vom Amtsgericht bekommen. Ich habe eine Bitte. Ich kenne deine Stadt nicht. Kannst du mich zu diesem Prozess bringen?

- Dies wird kein Problem sein. Ich habe noch Sommerferien. Ich kann dich um halb zehn abholen, schlug er vor.

In der mündlichen Verhandlung las der Richter das Testament und fragte jeden Teilnehmer des Nachlasses, ob er mit dessen Inhalt einverstanden sei. Der Erblasser stellte Joanna 25.000 Euro zur Verfügung. Das Geld sollte innerhalb von zehn Tagen nach der Rechtskraft des Testamentes auf ihr Konto eingezahlt werden.

Joanna war sehr glücklich und überrascht. Auf dem Heimweg gab sie Edward einen Zettel mit ihrer Kontonummer.

IV.

Im nächsten Monat kam Joanna zum Autohaus und entschied sich zusammen mit einem netten Händler für einen weißen Dacia Duster mit Allradantrieb und Benzinmotor. Der Betrag von 3.000 Euro musste sofort überwiesen werden, der Rest, als das Auto zur Abholung bereit war, in etwa zwei bis drei Monaten. Während dieser Zeit buchte Joanna einen dreiwöchigen Englischkurs in England. In dieser Zeit sollte auch der Salon geschlossen werden. Während der Ferien boten Joannas Eltern an, sich um die Hunde zu kümmern.

Sie war sehr zufrieden mit dem Kurs. Sie konnte sich leicht auf Englisch verständigen und Gespräche zu verschiedenen Themen führen. Sie konnte auch problemlos telefonieren. Während des Kurses dachte Joanna oft über ihre Zukunft nach.

Als Prostituierte zu arbeiten schien für sie keine gute Perspektive zu sein.

Zuerst war ihr bewusst, dass sie alt wurde. Im Laufe der Zeit können gesundheitliche Probleme auftreten, und in diesem Fall würde sie als Einzelperson ohne Arbeit und Geld bleiben.

Zweitens hat sie den Job selbst gemacht. Die Kunden waren keine Freunde. Sie würden kommen und nach ein oder zwei Stunden nach Hause zurückkehren.

Joanna wollte auch keine privaten Beziehungen zu Kunden haben, da dies ihre Situation nicht lösen würde und zu Problemen führen könnte. Aus diesem Grund fragte sie sich, was sie tun sollte. Sie war sich auch bewusst, dass sie nur die Realschule abgeschlossen hatte.

Sie änderte auch das Angebot in ihrem Salon. Donnerstags verabredete sie sich für Muskel- und Entspannungsmassagen. Joanna kaufte einen speziellen Massagetisch und arbeitete einmal pro Woche als Masseurin. Im Laufe der Zeit traten Frauen als Klienten auf, bei denen Beinschmerzen, Schwellungen der Waden und Rückenprobleme aufgrund sitzender Arbeit auftraten.

Joanna bemerkte, dass es eine gute Idee war, die ihre finanzielle Situation verbesserte, aber ihre Zukunft war ungewiss.

V.

Der Winter ist gekommen. Joanna verabschiedete sich definitiv von ihrem alten Auto und holte ihren neuen Dacia ab. Sie bestellte auch Winterräder, die sofort in das neue Auto eingebaut wurden.

Abends las sie im Internet über das Angebot von Intensivkursen für Büroassistenten. Gute Deutsch- und Englischkenntnisse, gute Gesundheit und ein Alter bis zu fünfunddreißig Jahren waren erforderlich. Sie fand es interessant und meldete sich online für den Kurs an. Nach einer Woche erhielt sie eine Bestätigung mit dem Vertrag und einen Überweisungsnachweis. Mit einer guten finanziellen Situation konnte sie sich für die Schulung anmelden. Sie wollte ihr Geschäft nicht vollständig schließen, deshalb verabredete sie sich nur zweimal pro Woche.

Leider war es zu diesem Zeitpunkt eine große Belastung für Joanna. Die Masseuse kümmerte sich intensiv um ihre Kunden, kümmerte sich aber nicht um sich. Sie klagte auch über Rücken- und Nackenschmerzen. Ihre Muskeln schmerzten und ihre Haut verlor ihre Elastizität.

Ihre Ernährung war ungesund, sie aß meistens fast Food. Joanna trank auch viel Kaffee und hatte sehr oft Magenkrämpfe in Kombination mit Sodbrennen.

Schließlich verlor sie vier Kilo. Sie bemerkte, dass sie langsamer werden und sich nur auf die wichtigen Dinge konzentrieren musste.

VI.

Anfang Februar und März plante Joanna eine zweiwöchige Reise zum SPA. Während ihres Aufenthalts in diesem Zentrum hatte sie mehr Zeit, um im Internet nach einem Job zu suchen. Insbesondere eine Anzeige erregte ihr Interesse. Ein junger Anwalt wollte eine Anwaltskanzlei in ihrer Stadt eröffnen und baute ein Team auf. Er brauchte einen Assistenten oder eine Büroassistentin. Joanna glaubte, einen Fortgeschrittenenkurs für Assistenten absolviert zu haben, hatte jedoch keine Erfahrung in der Betreuung dieser Art von Anwaltskanzlei. Sie war auch besorgt, dass aufgrund ihrer Vergangenheit nichts davon funktionieren würde.

Am nächsten Tag analysierte Joanna die Anzeige erneut und entschied, dass sie trotz ihrer Schwächen eine Online-Bewerbung vorbereiten und senden würde. Sie dachte, sie sollte versuchen, zumindest herauszufinden, wie ein Interview aussieht.

Während ihres Urlaubs im SPA las Joanna viel über die Regeln für Kleiderordnung (*dress code*) und machte eine Liste: Welche Kleidung sollte sie kaufen, was hat sie zu Hause und wie viel kostet das alles.

Der Jahresbeginn war sehr gut für ihr Geschäft. Die kurzen Tage und das kalte Wetter ließen die Kunden sich einsam und deprimiert fühlen, weshalb sie gerne Zeit mit Joanna verbrachten. Selbst am Massagetag am Donnerstag war ihr Zeitplan voll. Joanna konnte es sich auch leisten, zweimal im Monat einen lokalen Schönheitssalon zu besuchen. Sie bestellte eine professionelle Pediküre und Maniküre. Schwielen wurden von ihren Füßen entfernt und eine umfassende Körpermassage mit Lotion war im Kit enthalten.

Unerwartet erhielt Joanna Ende März eine Einladung zu einem Vorstellungsgespräch. Sie sollte am zweiten Montag im April um zehn Uhr in der Kanzlei stattfinden. Das Büro befand sich im Zentrum der Stadt, und Joanna wusste genau, wo es war.

Sie bestätigte das Datum des Besuchs telefonisch.

VII.

Mitte April hatte sich der Frühling endgültig gelegt. Die Natur hat geblüht. Die Luft roch frisch. Die Kastanienbäume mit weißen Blumen sahen wunderbar aus. Joanna ging zu einem Interview mit einer Anwaltskanzlei. Nur Werner war da, als sie ins Büro kam.

- Guten Morgen. Ich heiße Joanna. Ich habe um 10 Uhr einen Termin für eine Stelle als Assistentin - sie stellte sich vor.

- Guten Morgen. Ich heiße Werner Ich bin Anwalt und wollte hier eine Kanzlei eröffnen - sagte der Jurist.

Er lud Joanna in sein Büro ein und bat sie, sich auf einen Stuhl zu setzen.

- Ich bin sechsunddreißig. Ich arbeite seit neun Jahren als Anwalt. Bisher habe ich in mehreren deutschen und englischen Unternehmen gearbeitet, jetzt wollte ich eine eigene Anwaltskanzlei gründen. Aus diesem Grund stelle ich mein eigenes Team zusammen. Joanna, sag jetzt etwas über deine Arbeitserfahrung.

- Ich bin dreiunddreißig Jahre alt und habe eine allgemeine Ausbildung. Ich habe einen intensiven Englischkurs in Großbritannien absolviert. So kann ich diese Sprache problemlos verwenden. Ich habe auch

Kurse für Büroassistenten und Büroorganisation besucht. Ich kenne die Regeln der Kleiderordnung.

- Vielen Dank, Joanna, für Ihr Interesse, für meine Anwaltskanzlei zu arbeiten. Sie haben sich sehr interessant vorgestellt. Ich habe eine erste Aufgabe für Sie: Können Sie für das nächste Meeting eine Präsentation darüber vorbereiten, wie Ihre Arbeit im Büro aussehen soll und wie Sie mein Büro organisieren würden?

- Ich würde gerne, Werner, aber ich habe eine Anfrage. Haben Sie Pläne für diesen Firmensitz mit den genauen Abmessungen der einzelnen Räume?

- Der Büroplan ist dem Mietvertrag beigefügt. Bitte komm mit mir, ich mache eine Kopie.

Sie standen beide auf und zogen in ein anderes Zimmer. Werner kopierte die Pläne. Joanna bemerkte, dass der Kopierer veraltet und nicht mehr für den Büroeinsatz geeignet ist.

- Wie viel Zeit benötigen Sie, um an diesem Konzept zu arbeiten? Fragte der Anwalt.

- Heute ist Montag, ich denke, ich könnte meinen ersten Entwurf für Freitag haben - sagte Joanna.

- Sobald? Großartig! Also Joanna, wir treffen uns am Freitag um halb elf - sagte Werner.

- Einen schönen Tag noch. Joanna verabschiedete sich.

- Ich wünsche Ihnen einen schönen Tag und bis Freitag
- sagte der Mann.

VIII.

Joanna kam voller Hoffnung nach Hause. Sie ging barfuß um das Haus herum. Sie bereitete Futter und Wasser für die Hunde und eine vegetarische Gemüsesuppe für sich. Sie wollte sofort anfangen zu arbeiten. Auf ihrer Website veröffentlichte sie Informationen, dass sie sexuelle Dienste vorübergehend einstellt und dass Massagen nur donnerstags durchgeführt werden.

Sie nahm ein A4-Notizbuch, einen Bleistift und begann, ein Konzept zu erstellen.

Zunächst wollte sie wichtige Punkte aufschreiben:

1. Sitz der Kanzlei,

2. technische und Büroausstattung,

3. Kleidercode,

4. Arbeitszeitplanung und organisatorische Besprechungen des Teams.

Basierend auf den Plänen des Büros analysierte sie die Anordnung der Räume. Im Internet suchte sie nach Möbelgeschäften, die Büroausstattung verkauften. Sie öffnete auch eine Karte des relevanten Gebiets in Google Maps und überprüfte den geografischen

Standort der Kanzlei. Sie dachte, es würde vorerst ausreichen. Sie ging mit den Hunden spazieren.

Nach ihrer Rückkehr blieben die Hunde zu Hause und Joanna fuhr ihrem Dacia in die Innenstadt. Zuerst ging sie zu einem Bürobedarfsgeschäft und sagte dem Besitzer, dass sie eine Arbeit in einem kleinen Unternehmen organisiere. Sie hätte gerne ein Angebot für Büromaterial, das von Büroklammern und Umschlägen bis hin zu Druckerpapier reicht. Der Besitzer, Udo, nahm die Liste, die Joanna vorbereitet hatte, und sagte, das Angebot sei am nächsten Tag gegen Mittag fertig. Dann fuhr sie in die nächste große Stadt, in der sich der MediaMarkt-Salon befand. Sie suchte nach Laptops, Druckern, Etikettendruckern, Scannern, Smartphones usw.

Der Berater fragte sie, wozu diese Geräte gedacht seien. Joanna teilte ihm mit, dass sie Ausrüstung für eine neue Anwaltskanzlei benötige. Der junge Mann empfahl auch einen sehr schnellen Computer als lokalen Server.

- Wie viel Geld hat Ihr Investor geplant? Der Verkäufer fragte.

- Ich weiß nicht, ich werde Sie bitten, die optimale Lösung für meinen Chef vorzubereiten - sagte Joanna.

- Wenn Sie vierzig Minuten Zeit haben, kommen Sie bitte in unser Büro. Wir werden Ihre Bedürfnisse aufschreiben - schlug er vor.

Joanna gab ihm Kopien des Grundrisses und der Teamstruktur.

- Sie benötigen Ausrüstung für drei Anwälte, zwei Büroassistenten, einen Multifunktionsdrucker-Kopierer-Fax, einen Farbdrucker und einen Etikettendrucker, einen starken lokalen Server und einen Dokumentenscanner. Außerdem benötigt jeder Angestellte ein Smartphone und ein Tablet - schloss der Verkäufer.

- Für Ihre Bedürfnisse empfehle ich Apple-Produkte. Sie sind teuer, aber perfekt für eine solche Anwaltskanzlei. Ich kann heute ein Angebot vorbereiten. Morgen, nachdem mein Chef es akzeptiert hat, kann ich es Ihnen sofort senden. Sind Sie einverstanden?

- Sehr gut, bitte, hier ist meine Adresse - sagte Joanna.

Abends kam sie nach Hause und ging mit den Hunden spazieren. Dann aß sie ein leichtes Abendessen. Unter der Dusche entspannte sie sich mit dem Vibrator und schlief im Bett ein.

IX.

Am Donnerstag ging sie nach dem Frühstück und einem Spaziergang mit den Hunden wieder zur Arbeit.

An diesem Tag sollten zwei Frauen und ein Mann im Salon massieren. Die Damen wollten gerade einen weiteren Termin vereinbaren, aber Joanna sagte, dass sie nächsten Monat wahrscheinlich aus familiären Gründen einen Kurzurlaub machen würde, sodass sie keine Termine für den nächsten Monat festlegen konnte. Wenn überhaupt, Ende dieses Monats. Die Frauen haben in der letzten Aprilwoche einen Termin vereinbart.

Joanna vereinbarte auch einen Termin für Donnerstagnachmittag in einem Schönheitssalon. Sie wollte ihre Hände und Füße erfrischen und eine spezielle kosmetische Maske auf ihr Gesicht legen. Ein dunkelblauer Lack erschien auf ihren Nägeln. Ihr Haar war in Bezug auf Farbe und Länge immer noch in gutem Zustand. Joanna war eine natürliche Brünette.

X.

Am Freitagmorgen überprüfte Joanna alle Dokumente und ordnete sie. An diesem Tag beschloss sie, eine hellblaue Bluse, eine dunkelblaue Hose und eine Jacke zu tragen. Für dieses Set bereitete sie dunkelblaue Low Heels vor. Ihre Füße und Knöchel waren nicht bedeckt.

Die Frau dachte intensiv über ihre Präsentation nach und beschloss, zu Fuß zu gehen. Sie war so angespannt, dass sie nicht fahren wollte.

Sie kam pünktlich um halb elf an. Werner wartete bereits auf sie.

- Guten Morgen, Joanna. Du siehst heute sehr gut aus. Bitte kommen Sie herein. Hattest du diese Woche viel Arbeit? Er überschüttete sie mit Fragen.

- Es war eine große Herausforderung, aber ich habe ein allgemeines Konzept vorbereitet - Joanna sagte und fügte hinzu:

- Es ist warm. Kann ich meine Jacke ausziehen?

- Ja, bitte.

Joanna stand wie eine Säule aus dem griechischen Tempel auf der Akropolis. Dunkelblaue Hosen betonten ihre schlanke Taille und die blaue Bluse präsentierte elegant ihre Brust. Der Nagellack kontrastierte gut mit der Farbe der Bluse. Sie sah perfekt aus.

- Bitte fangen Sie an - sagte Werner.

- Ich habe die Präsentation in vier Punkten gegliedert:

1. Sitz der Kanzlei,

2. technische Ausrüstung und Büroausstattung,

3. Kleiderordnung,

4. Arbeitszeitplanung und organisatorische Besprechungen des Teams - begann Joanna.

- Das erste Thema, über das ich mit Ihnen sprechen möchte, sind Büroräume. Sie nahm die Dokumente aus ihrer Aktentasche und fragte Werner im Stehen:

- Kannst du zu mir kommen?

Werner wusste nicht, worum es ging, aber er kam Joanna näher. Die Kandidatin, die den Büroplan in der linken Hand und einen Bleistift in der rechten Hand hielt, sagte:

- Ich habe dieses Zimmer für dich gemacht.

Bis jetzt saß Werner im größten Raum.

- Der Raum sieht sehr gut aus und hier ist ein Plan, wo sich der Schreibtisch und der Tisch für die Arbeit mit

Kunden befinden werden. Es gibt auch Platz für einen kleinen Kleiderschrank, erklärte Joanna.

Sie wies auf die Beleuchtung im Raum hin.

- Das Zimmer ist sehr hell mit großen Fenstern. Aufgrund der Lage kommt die Sonne morgens von links und nachmittags von rechts. Aus diesem Grund ist es bei der Planung eines Kundengesprächs sehr wichtig, die Kunden korrekt am Tisch zu platzieren. Ich schlage vor, dass der Kunde morgens die kürzere Seite des Tisches nach links nimmt, da die Sonne von hinten kommt und ihn nicht blind macht. Gleichzeitig beleuchtet die Sonne die Dokumente auf dem Tisch gut, sodass der Kunde sie klarsehen kann. Es gibt auch den Eindruck, dass Sie nichts zu verbergen haben. Du wirst die längere Seite des Tisches in derselben Ecke einnehmen. Es ist besser, wenn der Mandant und der Anwalt nebeneinandersitzen, als sich gegenüber zu sitzen. Dies erleichtert auch die Erklärung von Dokumenten. Wir können es in der Praxis überprüfen. Bitte nehmen Sie als Kunde Platz und ich werde mich als Präsentation meiner Arbeit hinsetzen.

- Das ist eine gute Idee - gab Werner zu.

Der Mann saß auf der linken Seite des Tisches. Joanna präsentierte auch Pläne für die restlichen Räume.

Der wichtigste Raum war auch der größte. Joanna hat einen Raum für Schulungen, Teambesprechungen und Präsentationen für Großkunden geplant, die auch mit mehreren Mitarbeitern in der Kanzlei kommen.

- Der digitale Projektor muss an der Decke aufgehängt und der Bildschirm an einer geeigneten Wand montiert sein. Fenster müssten elektrische Jalousien haben. Joanna markierte mit einem Bleistift, wo zusätzliche Steckdosen und LAN-Steckdosen installiert werden sollten.

Zwei weitere Räume sind für zwei weitere Anwälte reserviert, die in Zukunft eingestellt werden, und zwei Räume für Büroassistenten: für Joanna und die neu eingestellte Assistentin.

- Der nächste wichtige Raum war die Küche, die eine Kaffeemaschine und einen Wasserkocher haben muss. Sie benötigen auch einen Kühlschrank für Lebensmittel und einen Kühler für Getränke. Plus zwei Sätze Tassen und Gläser - sie vervollständigte die Liste.

- Warum zwei? Der Anwalt war überrascht.

- Wenn ein Kunde einen kleinen Kaffee bestellt, bekommt er ihn in einer kleinen Tasse und einem großen Glas Wasser. Wenn der Kunde einen großen, zum Beispiel Milchkaffee möchte, muss er ihn in eine große Tasse und ein kleines Glas Wasser geben - erklärte sie.

- Gut. Werner nickte und machte sich eine Notiz.

- Der letzte Punkt ist eine Kundentoilette, die auch für Rollstuhlfahrer zugänglich sein muss, und eine Personaltoilette mit Dusche. Im Flur sollte ein kleiner Tresen installiert werden, an dem sich Kunden registrieren können. Korrespondenz und Sendungen werden auch hier angenommen - sagte sie und fügte hinzu, dass sie auch eine angemessene Beleuchtung mit Energiesparlampen geplant habe.

- Es ist interessant. Kann ich dir etwas zu trinken bringen? Fragte Werner.

- Oh, gerne! Ich hätte gerne ein Glas Mineralwasser und einen großen Kaffee mit Milch, bitte.

Werner ging in die provisorische Küche. Joanna folgte ihm, um ihm zu helfen. Die Kaffeemaschine wurde aus Werners Haus gebracht und war daher in Bezug auf Leistung und Qualität nicht für das Büro geeignet. Der Anwalt kochte zwei Kaffees mit Milch und brachte sie ins Zimmer. Joanna nahm zwei Gläser.

Werner fragte:

- Kann ich noch ein paar Fragen zur Präsentation stellen? Sagte der Anwalt.

- Ja bitte.

- Glaubst du zunächst, wir brauchen wirklich einen Multimedia-Raum für Präsentationen?

- Dies ist jetzt Standard. Wenn Kunden komplexe Probleme lösen, ist unser Verteidigungskonzept auf der großen Leinwand einfacher darzustellen. Ich denke, diese Investition wird sich lohnen.

- Zweite Frage. Brauchen wir unbedingt eine Dusche?

- Ich weiß, es klingt lustig. Heute ist es zum Beispiel warm. Sie können auf dem Weg vom Gericht schwitzen. Während der Pause haben Sie die Möglichkeit, sich zu erfrischen und nachmittags bequem zu arbeiten. Oder wenn es ein Gewitter oder starke Regenfälle gibt, kann eine Dusche erforderlich sein.

- Ich gehe jetzt zum zweiten Punkt über: technische Ausrüstung und Büromaterial. Ich habe den Rat eines Spezialisten aus dem MediaMarkt-Salon in Anspruch genommen, der eine vollständige Palette an Hardware und Software vorbereitet hat. Die Geräte stammen von Apple. Hier ist ein detaillierter Entwurf bitte.

Dann ging Joanna die Büromaterialien durch. Sie gab ein lokales Unternehmen als Lieferanten an und legte dessen Angebot bei.

- Wäre es nicht besser, diese Waren online zu bestellen? Ist es nicht billiger? Wollte er wissen.

- Werner, du lebst hier, du arbeitest hier und du musst mit den Einheimischen Geschäfte machen - sagte Joanna.

Dann tranken beide einen Schluck Kaffee, während Joanna ihre Präsentation fortsetzte.

- Ein weiteres wichtiges Thema ist die Kleiderordnung. Das Team muss richtig und elegant gekleidet sein. Es ist keine leichte Aufgabe, da es verschiedene Jahreszeiten, verschiedene Tage gibt und die Kleiderordnung relativ streng ist. Es gibt nicht viele Möglichkeiten, bemerkte sie.

- Zunächst schlage ich vor, dass die Arbeitskleidung tatsächlich im Büro bleibt. Jeder Mitarbeiter sollte mindestens zwei Sets haben. Jeder sollte noch zwei zu Hause haben. Dies ist notwendig, wenn ein Mitarbeiter morgens nicht zur Arbeit kommt, sondern direkt von zu Hause aus vor Gericht geht. - Joanna präsentierte auch Fotos mit Kostümen, Blusen, Hosen, Schuhen.

- Ich schlage vor, dass jede Frau zwei schwarze Kostüme trägt, zwei graue und eine grüne. Darüber hinaus verschiedene Modelle von Schuhen, jedoch immer mit geschlossenen Füßen und farblich auf die Kleidung abgestimmt.

Auf dem nächsten Blatt stellte sie eine Liste von Nagellackfarben zusammen, die auch auf eine bestimmte Person und bestimmte Kleidung zugeschnitten werden müssen.

Werner sah Joanna an. Heute zum Beispiel war ihr Outfit perfekt.

- Das nächste Thema, das ich diskutieren möchte, ist die Planung von Beratungs- und Besprechungszeiten. Ich hatte Termine am Morgen von neun bis zwölf und von zwei bis fünf geplant. Ich habe unsere Kunden in drei Kategorien eingeteilt.

Zur ersten Kategorie gehören Privatpersonen, kleine Unternehmen, die rechtliche Probleme in der Familie oder bei der Arbeit haben. Ich habe Treffen am frühen Morgen oder am späten Nachmittag für diese Leute geplant.

Die zweite sind die großen Kunden, die normalerweise mit Assistenten kommen. Ich habe Treffen für sie von 10:30 bis 12:00 Uhr und von 14:00 bis 16:00 Uhr geplant.

Zweimal in der Woche, am Montagmorgen und am Donnerstagnachmittag, haben wir ein Zeitfenster für arme Menschen oder Einwanderer, die gerade in Deutschland angekommen sind und Rechtshilfe benötigen. Ich nannte es eine gemeinnützige Tätigkeit.

Freitags habe ich einen sogenannten *casual Friday* geplant. Es sollte ein Tag der internen Besprechungen sein, an dem Dokumentation, Korrespondenz und andere interne Angelegenheiten organisiert werden. Daher planen wir freitags keine Besprechungen mit Kunden. An diesem Wochentag sollte auch unsere Kleiderordnung lockerer sein. Jeder hätte die Möglichkeit, sich wie im Privatleben zu kleiden.

- Warum sollten Hauptkunden später und Stammkunden früher kommen? Werner war überrascht.

- Es gibt zwei Gründe - sagte Joanna.

- Erstens sind Menschen, die Probleme in ihrem Privatleben haben, meistens berufstätig und es ist am Arbeitsplatz immer einfacher, einen Termin mit dem Chef zu vereinbaren, damit er zwei Stunden später kommt oder die Arbeit etwas früher verlässt. Es ist sehr schwierig mitten am Tag. Zweitens müssen Großkunden in der Regel morgens ihre Büros und Geschäfte besuchen. Nehmen Sie zunächst Ihren Assistenten und die zu analysierenden Dokumente mit. Wenn solche Kunden ihren Termin zu früh vereinbaren, müssen sie aus diesem Grund um fünf oder sechs Uhr an diesem Tag mit der Arbeit beginnen. Es schafft auch organisatorische Probleme für diese Kunden. Ich denke, diese Zeitfenster werden für sie optimal sein.

Wir können es ausprobieren und möglicherweise in Zukunft verbessern.

- Du hast recht. Das hätte ich nie gedacht - gab der Mann zu.

- Nächstes Problem: Ich fange gerade mit meinem Geschäft an. Ich muss viel Geld investieren. Büroräume werden derzeit renoviert. Ich muss neue Hardware und Software, Beleuchtung und Kleidung für dich kaufen. Ist es sinnvoll, dass wir auch mit gemeinnützigen Treffen beginnen?

- Das ist sehr wichtig - sagte Joanna.

- Laut Koran sollte jeder den Bedürftigen helfen. Dieses Prinzip heißt Zakāt und ist die dritte der fünf Säulen des muslimischen Glaubens und Lebens.[7] Werner, ich habe Erfolg geplant!

Von Anfang an müssen wir ein Geschäft auf angemessenen, sauberen Fundamenten aufbauen.

Wenn du auf dem falschen schlechten Weg fährst, wirst du das Fahrwerk deines Autos brechen und haltest schließlich an.

---

[7] [VLW 6.]

Und wenn du anderen Menschen hilfst (Zakāt), wird Allah dein Eigentum reinigen und du werdest glücklich sein.

- Joanna, heute hast du nichts über die Kleiderordnung für Männer gesagt.

- Ja, ich weiß, aber ich werde es tun, wenn ich hier eingestellt werde - wenn nicht, muss ich mir keine Sorgen mehr machen.

- Joanna, ich mag deine Idee wirklich - lachte Werner.

- Ich möchte dich als Assistenten in meinem Büro einstellen. Wann kannst du anfangen?

- Ich habe noch ein paar private Treffen im Mai. Ich wollte auch ein paar Tage frei haben, um einige meiner Angelegenheiten zu klären. Ich kann Anfang Juni anfangen - sagte sie.

- Das ist großartig! Als Dankeschön lade ich dich zum Mittagessen ein. Es gibt ein gutes Restaurant in der Nähe.

- Vielen Dank - stimmte sie zu.

- Eine andere organisatorische Angelegenheit. Ich bin allein und weiß nicht, wann ich einen Vertrag für dich vorbereiten kann. Ich habe einen Vertragsentwurf vorbereitet, aber du musst deine persönlichen Daten eingeben, ausdrucken und unterschreiben. Werner ging zurück zum Thema.

- Es ist kein Problem. Wir können uns heute Nachmittag um die Formalitäten kümmern, schlug Joanna vor.

- Du bist perfekt! Der Anwalt freute sich.

Sie gingen zum Mittagessen. Sie hörten auf über die Arbeit zu reden, sie redeten über Kunst und Musik.

Am Nachmittag kehrte Joanna mit ihrem ersten Arbeitsvertrag nach Hause zurück.

XI.

Als Joanna nach Hause kam, rief Werner "Thomas" Firma an. Seine Sekretärin Annette ging ans Telefon.

- Hallo Baufirma "Thomas". Annette hier. Kann ich dir helfen? - Sie stellte sich offiziell vor.

- Hallo Annette, das ist Werner aus dem Büro. Ich wollte nur eine Weile mit Ihrem Chef sprechen.

- Hallo Werner, ich verbinde mich schon.

- Hallo Werner. Wie geht's? Er hörte Thomas sagen.

- Hallo! Es ist gut, dass ich dich erreicht habe. Ich arbeitete mit meiner neuen Assistentin an Sanierungsplänen für Büros. Kann ich zu dir kommen und es dir zeigen?

- Na sicher. Es ist gut, dass du anrufst. Ich habe bereits ein paar Sachen bestellt und die Arbeit hat bereits begonnen. Ich werde heute bis vier da sein, sagte Thomas.

- Kein Problem, Thomas. Ich bin in einer halben Stunde bei dir.

Als Werner zu Thomas kam, wartete er bereits auf ihn. Sie begrüßten sich.

- Möchtest du etwas zu trinken? Fragte Thomas.

- Gerne. Orangensaft bitte - sagte Werner.

- Dann zeig mir die Pläne - bat Thomas.

Werner nahm die Pläne, die Joanna vorbereitet hatte, aus seiner Aktentasche. Thomas nahm sie und analysierte sie sorgfältig.

- Werner, es sieht sehr gut und viel besser aus als der erste Entwurf. Hat deine Assistentin das getan? Er hat gefragt.

- Ja, sie ist neu. Eigentlich hat sie heute einen Arbeitsvertrag unterschrieben - erklärte er.

- Sie ist eine sehr kluge und mutige Frau - sagte Thomas.

- Warum mutig? Der Anwalt war überrascht.

- Weil sie dich aus dem größten Raum geworfen und in einen anderen versetzt hat.

- Die Größe des Raumes ist nicht so wichtig. Die Funktionalität des Büros ist wichtig. Werner lachte.

- Du hast recht. Mein Zimmer ist auch nicht das größte in der Firma, betonte Thomas.

- OK, ich muss das neu umrechnen. Zusätzliche Stromanschlüsse, LAN-Steckdosen, andere Beleuchtung, Multimedia-Projektor und Jalousien erhöhen die Kosten.

- Genau. du kannst mir einen Anhang zum Vertrag senden und ich werde ihn unterschreiben. Sagte Werner.

- Auf Wiedersehen, dann habest du ein schönes Wochenende - sagte Thomas.

- Ich wünsche dir auch ein schönes Wochenende.

Werner fuhr mit seinem Mercedes nach Hause. Unterwegs erinnerte er sich an einige der Sätze, die Joanna gesagt hatte.

"Ich habe Erfolg geplant."

"Wenn du auf dem falschen schlechten Weg fährst, wirst du das Fahrwerk deines Autos brechen und haltest schließlich an."

"Wenn du anderen Menschen hilfst (Zakāt), wird Allah dein Eigentum reinigen und du werdest glücklich sein."

"Du lebst hier, du arbeitest hier und du musst mit den Einheimischen Geschäfte machen."

XII.

Joanna hat am 1. Juni ihre Arbeit aufgenommen. Die Renovierung wurde in den ersten zwei Wochen fortgesetzt. Dann kamen Büromöbel aus dem örtlichen Möbelhaus und Geräte von MediaMark. Die Software wurde von einem kleinen lokalen Unternehmen übernommen, das von einem IT-Spezialistin und drei Informatikern gegründet wurde. Joanna bestellte das richtige Geschirr und Besteck für die Küche. Außerdem wurden eine hochwertige Siemens-Kaffeemaschine und ein Wasserkocher aus derselben Designlinie gekauft.

Die Kanzlei war Mitte Juni fertig, so dass erste Treffen vereinbart wurden. Joanna änderte auch den Rhythmus des Tages auf neue Arbeitszeiten.

Der Sommer begann Ende Juni und das Unternehmen arbeitete bereits in Vollzeit. Die Sonne erwärmte die Stadt mit natürlicher Energie und die Natur konnte sich entwickeln. Die Leute sahen auch glücklich aus. Hin und wieder räumte ein Sommersturm die Dächer und Straßen von Staub.

Normalerweise ging Joanna an solchen Tagen in Privatkleidung zur Arbeit und zog sich im Büro Berufskleidung an. Dieser Tag war ein *casual Friday*. Joanna machte sich an die Arbeit in einer lockeren weißen Jennifer-Bluse und einem Jeans-LTB-Minirock. Sie trug auch bequeme weiße flache Rieker-Sandalen. Sie malte ihre Nägel mit rotem Nagellack in einem Tomatenton. Im Büro zog sie eine weiße Bluse und einen kurzen schwarzen Rock an. Joanna hat ihren Rock im Änderungsatelier etwas von ihrem Berufskostüm gekürzt. Sie ließ Sandalen an ihren Füßen.

Werner war wie immer pünktlich. In der Pause ging er mit zwei Tassen Kaffee zu Joanna.

- Los geht's, Joanna. Ich habe das für dich vorbereitet.

- Oh, danke, Werner, das ist sehr süß. In dieser Hitze muss mein Kreislauf gestärkt werden.

- Ich wollte dich in der Pause nicht stören, sondern nur die Gelegenheit nutzen, um zu fragen, wie dir mein Büro gefällt, weil du seit einem Monat hier arbeitest.

- Ich bin sehr erfreut. Vielen Dank für die Gelegenheit, die du mir gegeben hast. Es ist sehr schön, sich an der Gründung eines Unternehmens zu beteiligen. Ich freue mich, dass der Renovierungsprozess und die Ausstattung abgeschlossen sind. Wir können uns jetzt auf unsere Arbeit konzentrieren, erklärte sie sachlich.

- Ich bin auch sehr zufrieden mit deiner Arbeit. Das bei MediaMarkt bestellte Computersystem ist sehr gut.

Das Softwareunternehmen, das sich um uns kümmert und technische und allgemeine Programme installiert, sagte auch, Apple sei perfekt für diese Praxis. Die Zusammenarbeit zwischen dem iPhone und den Tablets und unseren Computern ist ebenfalls hervorragend. Dein Gehalt wird jeden Monat pünktlich am Ende eines jeden Monats auf deinem Konto gutgeschrieben. Aber ich wollte dir im Juni wegen der zusätzlichen Arbeit einen zusätzlichen Bonus geben. Er gab ihr einen Umschlag.

- Es ist nicht notwendig. Ich habe auch eine Firmenkreditkarte, mit der ich Kleidung und einen Friseur bezahlen kann, widersprach sie.

- Ich weiß, aber der Anfang war wirklich schwer. Bitte akzeptierst du diesen Bonus.

Joanna war sehr glücklich. Auf dem Heimweg ging sie einkaufen. Sie kaufte auch frisches Hundefutter und Spielzeug für sie. Abends, nach einem Spaziergang, duschte sie und ging ins Bett. Der Abend und die Nacht sollten warm sein, also war Joanna nackt. Sie sah, dass ihr Leben anders verlaufen könnte. Sie dachte:

Ich habe ein neues Leben nach dem anderen.

Sie konnte nicht schlafen und fühlte eine innere Spannung. Sie bemerkte, dass ihre Sexualdrüsen geschwollen waren und ihre Vaginalmuskeln angespannt waren. Sie fühlte sich einsam. Seit ihrem Eintritt in das Unternehmen hat sie keine privaten Kontakte mehr. Auch ihr Sexualleben endete. Joanna nahm einen Vibrator aus einer Schublade und schmierte ihn mit Gel.

Sie wollte zufrieden sein, tat es aber nicht. Sie warf den Vibrator weg und schrie:

- Warum? Warum? Warum muss eine so schöne Frau wie ich allein leben? Ein Vibrator ist nicht die Lösung!

Sie hatte vor, sich am Samstag gut anzuziehen und abends in den Club zu gehen. Sie war dreiunddreißig und sie wusste, dass Männer jüngere Frauen jagen wollten. Aber sie wollte sehen, was passieren würde.

Wie üblich am Samstag wachte sie gegen halb neun auf, duschte und zog ein gelbes T-Shirt, einen roten Rock und weiße Sandalen an.

Ihre Hunde waren an diesem Morgen sehr erfreut. Das Wetter war schön. Joanna hatte ein hart gekochtes Ei und Haferbrei zum Frühstück. Die Hunde haben ihr Futter bekommen. Dann fuhr Joanna mit ihrem Auto in die Stadt. Sie würde das Einkaufszentrum betreten. Sie hatte vor, ein attraktives Cocktailkleid zu kaufen. Das Bekleidungsgeschäft hatte drei Stockwerke. Die Kinderabteilung befand sich im Erdgeschoss, die Frauenabteilung im ersten Stock und die

Männerabteilung im Obergeschoss. Sie kam zur Damenabteilung und überflog die Kleiderabteilung. Ein junger, elegant gekleideter Mann kam auf sie zu. Er fragte, womit er ihr helfen könne. Zuerst war Joanna ein wenig überrascht, einen Mann zu finden, der für die Frauenabteilung verantwortlich war.

- Ich möchte ein Kleid kaufen, ein Cocktailkleid für ein privates Treffen. Es sollte meine Weiblichkeit betonen. Ich möchte heute Abend sehr attraktiv aussehen, sagte sie.

- Ich verstehe. Wie lang sollte das Kleid sein? - Er hat gefragt.

- Recht kurz. Joanna zog ihren Rock auf die richtige Höhe, um mehr als die Hälfte ihrer Schenkel freizulegen.

- Und wie soll die Oberseite des Kleides aussehen? Wir haben Modelle ohne Träger, bei denen die Arme frei sind. Es gibt auch Kleider mit kleinen Trägern und solche mit einem langen vertikalen Schnitt und einem freien Ausschnitt in der Mitte, sagte der Verkäufer.

- Ich muss diese Modelle zuerst sehen, aber ich möchte eines traditionell und eines mit tiefem Ausschnitt - sagte Joanna.

Der Mann ging ins Lagerhaus. Währenddessen sah sich Joanna die anderen Modelle an. Nach wenigen Minuten brachte der Verkäufer zwei schwarze ärmellose Minikleider heraus. Der erste mit dem WAL G-Logo und einem tiefen Ausschnitt. Das zweite ist ein Modell aus einem Boohoo-Produkt, einem schwarzen Skaterkleid "Cherry" mit einem transparenten Netz darüber.

Joanna brachte sie in die Umkleidekabine. Der Verkäufer kehrte ins Lager zurück und brachte einige andere Produkte mit. Joanna war mit der Wahl zufrieden. Der Berater brachte auch Ohrringe und schwarzes Höschen mit.

- Welches Kleid haben Sie gewählt? - Er hat gefragt.

- Ich nehme beide. Heute denke ich, dass ich das Boohoo "Cherry" -Modell anziehen werde, aber ich mag auch das andere und ich werde es definitiv für die nächste Gelegenheit haben.

- Sehr gute Wahl. Beide Kleider haben einen einfachen, taillierten Schnitt. Ich würde die wunderschönen "Black Drop" Ohrringe von Thomas Sabo empfehlen. Wenn die Haare nach hinten gekämmt sind und die schönen Ohren frei sind, kann der Schmuck Ihren Glanz sehr schön betonen, rezitierte er.

Joanna nahm die Ohrringe und hielt sie dicht an ihre Ohrläppchen. Sie sah in den Spiegel und war begeistert.

- Okay, ich werde es in den Korb legen - entschied sie.

- Ich habe noch ein paar Höschen und schwarze selbstklebende Silikonkissen. Sie sollten zu diesen Kleidern keinen traditionellen Büstenhalter tragen, da der Effekt nachlässt. Aber mit diesen Pads können Sie die Brust stützen und ein wenig in Richtung Brustmitte richten. Dies verbessert definitiv den visuellen Effekt.

Joanna bemerkte, dass der Mann an seinem linken Ringfinger einen Ehering hatte.

- Danke für den Hinweis. Ihre Frau ist sehr zufrieden mit einem solchen Experten - sagte sie.

Der Mann lachte.

- Vielen Dank für die netten Worte. Mein Name ist Klaus und ich bin mit einem Mann verheiratet. Wir sind schwul. Mein Mann heißt Ismail und stamm aus dem Irak. Seine Familie kam wegen des Krieges als Flüchtlinge nach Deutschland. Er ist Elektriker und arbeitet für die Baufirma "Thomas" - erklärte er.

- Mein Name ist Joanna - stellte sie sich vor und schüttelte ihm die Hand.

- Ich kenne diese Firma. Sie hat unser Büro renoviert. Wenn Sie Rechtsbeistand benötigen, kontaktieren Sie uns bitte. Sie gab ihm eine elegante Visitenkarte mit den Worten Joanna, Büroassistentin, Kontaktdaten, E-Mail-Adresse, Handynummer und Website-Adresse.

- Vielen Dank. Ich wünsche Ihnen ein schönes Wochenende.

- Sie müssen nicht danken. Ich wünsche Ihnen einen schönen Abend und ein schönes Wochenende.

Joanna betrat den Parkplatz und ließ die Einkäufe im Dacia-Kofferraum. Sie hatte keinen Termin bei einer Kosmetikerin, wollte aber ein schönes Augenhenna. Sie hatte Glück und die Frisörin erfrischte ihre Augenbrauen. Dann machte sie eine kurze Pause im Café. Sie bestellte einen großen Kaffee mit Milch und einem Schinkensandwich.

Auf dem Heimweg kaufte sie in einem örtlichen Geschäft ein.

XIII.

Sie kam nach Hause und machte mit den Hunden einen kurzen Spaziergang. Dann ging sie schlafen. Abends wollte sie in guter Form sein. Um 18 Uhr duschte sie und besprühte ihren Körper mit Prada-Parfüm. Mit Silikonkissen bewegte sie beide Brüste leicht nach oben und innen. Sie trug ein schlichtes schwarzes Höschen. Sie malte ihre Nägel mit attraktivem rotem Lack. Rot passt immer, entschied sie.

Joanna überlegte einen Moment, welche Schuhe sie tragen sollte. Ihre Füße und Beine sahen in hochhackigen Sandalen sehr attraktiv aus. Aber solche Schuhe ermüdeten lange Zeit die Füße. Flache Schuhe sind bequemer, sehen aber nicht so beeindruckend aus.

Sie ging in den Flur und sah in den Kleiderschrank. Sie entschied sich für silbergraue "Salva" Sandalen von Mango. Sie hatte an diesem Abend keine Wanderung geplant und diese Schuhe passten perfekt zu ihrem Image. Sie trug auch ein "Cherry" Boohoo-Kleid. Sie sah sexy aus.

Ihre Hunde wedelten freundlich mit dem Schwanz. Sie wussten, dass ihre geliebte Frau etwas für den Abend geplant hatte. Joanna trank ein Glas Wasser und einen kleinen Espresso. In einem wunderschönen schwarzen Täschchen packte sie eine Geldbörse, Hausschlüssel, ein Taschentuch und zwei Kondome. Sie zog auch eine kurze schwarze elegante Lederjacke an.

Draußen war es schön trocken. Joanna wollte in einen kleinen Nachtclub gehen, aber ohne die laute Disco. Darin konnte man einen ruhigen und angenehmen Abend verbringen. Als sie das Clubhaus betrat, ging sie sofort zur Theke. Sie bestellte einen großen Kaffee mit Milch und einem großen Glas Soda. Sie setzte sich ans Fenster. Sie drehte sich zum Raum um und schlug die Beine übereinander. Ihr Kleid war kurz, so dass ihre schönen Beine bewundern konnten. Die silbernen Schuhe betonten ihre Füße perfekt. Joanna zog ihre Lederjacke aus und das Netz des Kleides präsentierte ihren Oberkörper sexy.

Die Kellnerin brachte die Getränke. Joanna nahm ihr Smartphone und las die Nachrichten. Sie wartete gespannt, ob etwas passieren würde.

Im Club wurde die Musik aus einem Lautsprecher mittlerer Lautstärke gespielt. Alte Standards wie "It's A Heartache"[8], "Killing Me Softly with His Song"[9] und "Those Were The Days"[10] wurden hauptsächlich gespielt.

---

[8] [VM 16.]
[9] [VM 6.]
[10] [VM 7.]

Zehn Minuten später betrat Adam den Club. Der Mann war in Joannas Alter. Vor einigen Jahren waren sie in einer Beziehung. Joanna erinnerte sich liebevoll an diese Zeit. Adam wusste, dass sie als Prostituierte arbeitete und er akzeptierte es. Er unterrichtete Biologie an der High School. Er war die Art von Frauenheld und Joanna war sehr zufrieden mit ihm als Liebhaber. Trotz seines Alters hatte Adam eine unreife Persönlichkeit. Er war leichtsinnig und kam nie pünktlich zu Besprechungen. Er schien nur an Sex zu denken. Aus diesem Grund beendete Joanna ihre Beziehung nach sechs Monaten.

Adam sah hinein. Er sah Joanna am Fenster sitzen. Er kam auf sie zu und sagte sehr freundlich:

- Hallo Joanna. Was machst du hier? Du siehst super aus!

- Hallo Adam. Ich habe dich schon lange nicht mehr gesehen. Du siehst auch gut aus, antwortete sie.

- Kann ich mich setzen oder hast du einen Termin? - Er hat gefragt.

- Bitte, Adam, nimm den Platz.

Adam hatte zuvor ein großes Kölsch-Bier und einen Kaffee bestellt.

- Es ist ein Wunder, dass wir uns nach ein paar Jahren wieder getroffen haben. Was machst du eigentlich hier? Er war überrascht.

- Ich schätze, ich suche das Gleiche wie du, ein bisschen Glück, einen schönen Abend und angenehmen Sex - gestand Joanna ohne Verlegenheit.

- Oh, ich habe heute wahrscheinlich Glück - sagte der Mann.

Die Kellnerin brachte ein Bier in ein schönes hohes Glas. Der weiße Schaum auf dem Bier sah verlockend aus. Adam nahm sein Glas und wollte gerade einen Schluck nehmen. Joanna sagte mit freundlicher, aber fester Stimme:

- Adam, trink einfach einen Schluck Bier und du wirst deine Chance verpassen.

Adam hielt sein Glas an und sah auf ihre Beine. Die Muskeln der Oberschenkel und Waden waren sehr sinnlich. Ihr Blick war einladend und ihre Ohren mit Piercings betonten ihre Sexualität. Er dachte einen Moment darüber nach und stellte das Glas wieder auf den Tisch. Die Kellnerin war in der Nähe.

- Entschuldigung, ich habe vergessen, dass ich mit dem Auto gekommen bin. Kannst du das Bier nehmen und Fanta Zero mitbringen? Adam fragte sie.

- Kein Problem - antwortete die Kellnerin.

- Was machst du jetzt? Ich habe gehört, deine Lounge ist geschlossen.

- Ja genau. Ich bin jetzt Assistentin in der Kanzlei von Rechtsanwalt Werner. Wir fangen gerade erst an. Aber die Arbeit ist bereits in vollem Gange.

- Ich bin froh, Joanna. Ich denke, du könntest in diesem Job wahr werden. Ich arbeite immer noch in dem Gymnasium. Privat bin ich Single. Ich weiß nicht warum, aber ich konnte keine stabile Beziehung aufbauen, so wie ich es nicht mit dir konnte, sagte er.

- Weil du, Adam, wahrscheinlich zu sehr auf dich selbst konzentriert bist. Du siehst eine Frau als sexuelles Objekt. Du kommst nicht in ihr Leben, ihre Bedürfnisse, Gedanken und Träume. Du denkst, eine Frau braucht nur eines, einen Orgasmus, und das stimmt nicht. du kannst Frauen nur in diesem wichtigen, aber kleinen Bereich gefallen. Denk darüber nach, was ich dir gesagt habe.

Während des Gesprächs änderte Joanna mehrmals die Position ihrer Beine. Die Aufregung in Adam wuchs.

- Möchtest du trinken oder essen? Wenn nicht, lass uns nach draußen gehen, schlug Joanna nach 20 Uhr vor.

- Willst du zu mir kommen oder sollte ich zu dir kommen? - Er hat gefragt.

- Wegen meiner Hunde wollte ich dich einladen.

- OK, aber ich kenne deine neue Adresse nicht.

- Kein Problem. Ich werde deine Navigation sein.

Beide hörten während der Fahrt WDR4. Das berühmte Lied "Sugar Baby Love"[11] wurde gerade ausgestrahlt.

- Adam, ich habe zu Hause Rippenkondome mit Stimulationsgel von Durex.

- Wenn du andere willst, müsstest du an einer Tankstelle vorbeischauen.

- Joanna, ich dachte wir würden Sex ohne Kondom haben. Wir sind doch alte Freunde.

- Du kennst mich. Ich habe Gelegenheitssex nur mit einem Kondom. Sex ohne Präservativ ist mit mir nur in einer langfristigen Beziehung möglich, erinnerte sie ihn.

- Ja ich verstehe. Ich habe Ritex-Kondome zu Hause, aber Durex ist auch gut, stimmte er zu.

---

[11] [VM 13.]

Sie erreichten ihr Ziel und Adam parkte in der Nähe von Joannas Wohnhaus. Sie gingen beide in ihre Wohnung.

XIV.

Am Sonntag stand Joanna um sieben Uhr morgens auf. Sie fühlte sich frisch und ausgeruht. Die sexuelle Spannung war weg und sie war entspannt. Nur ihre Brüste waren ein bisschen wund, weil Adam sie gestern massierte und intensiv küsste.

Sie ging nackt zum Fenster und zog ihre Glieder heraus. Während sie auf den Zehenspitzen stand, machte sie eine kurze Übung. Dann duschte sie und machte ein kleines Frühstück. Friedeck und Luca warteten bereits auf ihren Spaziergang.

Ein schöner Tag hatte begonnen.

XV.

Mitte Juli, während einer Pause, aß Joanna mit Werner zu Mittag. Der Tag war schön, sonnig und sentimental.

- Werner, ich habe eine Anfrage. Ich weiß, dass ich erst vor kurzem hier gearbeitet habe, aber kann ich Anfang August einen dreiwöchigen Urlaub planen? Ich wollte einen Kurztrip buchen, fragte sie.

Werner nahm das iPhone und öffnete die Kalender-App. Er sah schnell und sagte:

- Ja, es ist eigentlich eine gute Zeit für Urlaub. Aber ich habe eine Bedingung. Als Büroleiter musst du auch einem Urlaub für mich zustimmen.

- Na sicher. Während dieser Zeit können wir das Büro schließen - sie nickte.

Joanna kam glücklich nach Hause. Nachdem sie mit den Hunden spazieren gegangen war, überprüfte sie die Angebote für Ausflüge zu griechischen Inseln im Internet. Rhodos war ihr Ziel. Sie buchte das "Evita" Sun Resort in Faliraki vom 7. bis 21. August. Das Hotel war sehr nah am Meer und der berühmte FKK-Strand "Mandomata" war zu Fuß erreichbar.

Sie konnte nur bis zu 20 Kilogramm Gepäck im Flugzeug mitnehmen, deshalb wollte sich Joanna gut auf die Reise vorbereiten. Wie immer nahm sie ein A4-Notizbuch und einen Bleistift. Sie schrieb:

• Reisekleidung - Deutschland und Griechenland gleichzeitig ist das Wetter völlig anders;

• Strandkleidung und Strandschuhe;

• Kleidung für Ausflüge und Stadtrundgänge, Nachtwäsche;

• Kosmetika, die ich mitnehmen möchte;

• Mobiltelefon mit Ladegerät, Tablet, Bluetooth-Kopfhörern, kleinem Bluetooth-Lautsprecher und tolino shine 3 eBook-Reader.

Für den Flug bereitete Joanna eine blaue Bluse, einen kurzen Jeansrock und einen Tanga vor. Aufgrund der Hitze auf Rhodos entschied sie sich, einen dünnen Büstenhalter anzuziehen. Für ihre Füße bereitete sie die neu gekauften flachen Ledersandalen "Mila" in Cognacfarbe von Apple of Eden vor. Der Rückflug sollte spät abends sein. Aus diesem Grund packte Joanna ihre Jeans. Bei schlechtem Wetter wollte sie auch weiße Converse-Turnschuhe mitnehmen. Sie bereitete ein weißes Höschen und einen weißen Baumwoll-BH und zehn Paar Strings in verschiedenen Farben vor.

Die Schuhe für das Hotel und den Hotelpool waren silberne ABOUT YOU "Chantal" - Pantolette. Für den Strand packte sie Khaki "Madrid" Sandalette von Birkenstock.

Joanna fügte der Liste einen farbenfrohen "Triangel" - Bikini von RAINBOW und einen hibiskusfarbenen Bademantel aus der "bpc bonprix" - Kollektion hinzu. Für einen Spaziergang durch die Stadt packte sie einen Jeans-Minirock LTB und einen Olivenrock, ebenfalls einen Minirock. Dazu mehrere T-Shirts, Tops und eine Bluse mit kurzen Ärmeln in Rot. Sie plante ein dunkelblaues Laufset mit einem Sport-BH und einer kurzen Adidas-Jogginghose für ihren morgendlichen Lauf.

Joanna wollte auch zwei Kleider nehmen. Kurzes schwarzes ärmelloses Kleid mit bunten Blumen, Typ "Nova Tina" von ONLY. Für den Abend wählte sie ein schwarzes "Lascana" Maxikleid mit tiefem Ausschnitt und schönen Trägern. Sie plante auch die passenden flachen schwarzen PIER ONE Sandalen.

Zum Strand ein rosa Kleid "Diva Jeans Aztec" mit Trägern und schmalem Ausschnitt.

Joanna wollte nicht viel Kosmetik mitnehmen. Aber sie packte drei Nagellacke in Rot, Blau und Perlweiß, eine kleine Flasche "Mont Blanc"-Parfüm, Zahnpasta und

Zahnbürste, Wimpernspirale mit schwarzer Tinte. Sie beschloss, Sonnencreme und Körperlotion vor Ort zu kaufen. Sie nahm auch ihre Antibabypillen und Vagisan - Vaginal Feuchtigkeitscreme mit einem Applikator.

Sie bereitete eine kleine, dunkelbraune Echtledertasche für Dokumente vor. Joanna hatte auch einen hochwertigen roten Wittchen-Koffer.

Der Flug ist für Mittwoch von Düsseldorf International nach Rhodos um 6.00 Uhr geplant und die direkte Rückkehr sollte ebenfalls in zwei Wochen am Mittwoch um 20.00 Uhr erfolgen.

Joanna hatte für ihren Aufenthalt in Griechenland einen günstigen Privatparkplatz in der Nähe des Flughafens im Internet gebucht.

XVI.

Der Flug nach Rhodos verlief einwandfrei. Das Flugzeug landete pünktlich und ein spezieller Bus brachte sie direkt zum Hotel. Obwohl sie allein war, bekam sie ein Doppelzimmer mit einer kleinen Küchenzeile, in der sie Tee oder Kaffee kochen konnte. Es gab auch einen kleinen Kühlschrank im Zimmer. Joanna buchte die All-Inclusive-Option und plante daher nicht, größere Lebensmittel vor Ort einzukaufen.

Am ersten Tag packte sie aus und wollte sich nach dem Mittagessen an den Hotelpool gewöhnen. Am nächsten Morgen, um sieben Uhr, wachte sie wie immer auf und trug einen Sport-BH, Sportshorts und Puma-Sportschuhe. Sie trainierte eine halbe Stunde.

Die Sonne stand schon hoch, aber die Temperatur war für sie erträglich. Als sie in ihr Zimmer zurückkam, duschte sie und ging zum Frühstück. Joanna hat bereits im Internet gesehen, dass der berühmte FKK-Strand ganz in der Nähe liegt. Sie fragte am Informationsschalter, welcher der kürzeste Weg zum Meer sei. Der Strand war wie ein Ort im Paradies, klein, aber gut ausgestattet mit Sonnenliegen und Sonnenschirmen. Direkt daneben gab es ein kleines Restaurant.

Joanna zog sich aus und rieb ihren Körper mit einem 30-fachen Sonnenschutzmittel. Dann tauchte sie kurz in die Ägäis ein. Das Wasser war kristallklar und leicht kühl.

Zuerst lag Joanna auf dem Rücken, den Kopf mit einem Sommerhut bedeckt. Sie trug auch eine hochwertige Polaroid-Sonnenbrille. Ihr Körper war frei. Wie die Wettersensoren spürten ihre Brustwarzen jede Bewegung der Luft. Dann drehte sie sich auf den Bauch.

Plötzlich weckte eine männliche Stimme sie und jemand schüttelte ihre rechte Hand.

- Halo, Halo! Entschuldigung, wach auf!

Es war eine männliche Stimme mit russischem Akzent. Joanna war überrascht und sah den Mann an.

- Entschuldigung, Sie sind eingeschlafen. Die Sonne ist sehr intensiv. Ich hatte Angst, dass die Sonnenstrahlen zu Kreislaufproblemen und schweren Hautverbrennungen führen könnten, warnte der Mann.

Joanna verstand, worum es ging.

- Oh danke. Sie haben mein Leben gerettet. Sonst würde ich von der Sonne gegrillt oder mumifiziert.

- Mein Name ist Alexander (Александр auf Russisch). Ich habe einen Platz neben Ihrer Sonnenbank - erklärte er.

Joanna setzte sich auf die Bettkante und schüttelte ihm die Hand.

- Ich heiße Joanna.

- Ich denke, es wäre gut, wenn Sie Ihren Körper im Meer abkühlen lassen - bemerkte Alexander.

- Sehr gute Idee - sagte Joanna.

Sie ging zur Küste hinüber. Alexander begleitete sie, weil er befürchtete, dass der Temperaturunterschied zu Kreislaufproblemen führen könnte. Joanna stürzte ins Meer. Dann stand sie auf und schob ihre Haare mit beiden Händen zurück. Dazu beugte sie auch ihren Rücken. Ihre halbkugelförmigen Brüste zogen sich zusammen und ihre Brustwarzen sahen besonders schön aus. Alexander sah aus, und es war, als wäre eine Sirene aus dem Meer aufgetaucht.

Als Joanna aus dem Wasser kam, fragte Alexander:

- Gut? Geht es Ihnen gut?

- Ja, ich danke, es ist alles in Ordnung. Alexander, du hast mein Leben gerettet. Kann ich dir ins Restaurant einladen? Wir können dort kühle alkoholfreie Getränke bekommen.

- Oh, danke, das ist nett von Ihnen.

- Aber ruf mich beim Namen - sagte sie.

Joanna zog das Strandkleid an. Alexander trug bereits eine lange Badehose. Sie gingen beide ins Restaurant. Sie bestellten einen kalten Lipton-Tee und typisch griechischen Kaffee.

- Du bist wahrscheinlich gerade nach Griechenland gekommen? Fragte Alexander.

- Ich sehe dich zum ersten Mal am Strand.

- Genau, ich bin erst gestern hier angekommen. Ich habe einen 14-tägigen Urlaub im "Evita" Hotel gebucht.

- Ich bin seit zwei Tagen hier. Ich bleibe noch zehn. Hast du nach meinem Akzent bemerkt, dass ich aus Russland komme? Er hat gefragt.

- Ja, das war mein Eindruck - bestätigte sie.

- Ich bin Musiker und arbeite in Sankt Petersburg (Санкт-Петербург).

- Es ist sehr interessant. Ich mag klassische Musik. Welches Instrument spielst du? Sie fragte.

- Als Musiker Geige und Flöte, als Amateur habe ich auch ein Klavier zu Hause. Und was machst du, wenn ich fragen darf?

- Ich bin Büroassistentin in einer Anwaltskanzlei. Ich lebe und arbeite im Bergischen Land. Dies ist ein Teil Deutschlands in der Nähe von Bonn.

- Ah, sehr nett.

Beide verbrachten ungefähr eine Stunde im Restaurant.

- Alexander, vielen Dank für die Gesellschaft, aber der Strand reicht mir heute. Ich würde gerne ins Hotel zurück, sagte Joanna müde. Sie packte ihre Strandausrüstung in eine bunte Tasche.

- Ich habe den Strand auch für heute satt - verkündete der Mann.

Alexander begleitete Joanna zum Hotel.

- Joanna, die Ferien enden immer so schnell, möchtest du abends nach dem Abendessen mit mir in die Stadt kommen? Es ist sehr schön, nicht so heiß wie tagsüber, schlug er vor.

Es ist wahr, dass die Ferien kurz sind, dachte Joanna.

- Ja, mit Vergnügen. Kannst du mich um acht Uhr vom Hotel abholen?

- Ja, also bis acht. Tschüss - er verabschiedete sich von Joanna.

- Tschüss.

Im Zimmer hatte Joanna den Sand gründlich von ihrem Körper gewaschen und nach der Sonnencreme verwendet. Sie schlief kurz ein. Zum Abendessen trägt sie ein kurzes schwarzes ärmelloses Kleid ONLY mit bunten Blumen. Sie plante auch die flachen schwarzen PIER ONE Sandalen. Ihr Nagellack war unbeschädigt, so dass sie ihre Hände und Füße nicht auffrischen musste. Sie hob ihre Augenbrauen und Wimpern mit schwarzer Tinte. Sie hat auch ein wunderschönes blaues und silbernes Make-up gemacht. Sie malte ihre Lippen rot. Sie schaute in den Spiegel und fand es okay.

Sie aß nicht viel zum Abendessen. Sie entschied sich für Haferflocken, kombinierte eine Mischung aus Tomaten, Gurken, Oliven und Feta-Käse und bestreute sie mit dem originalen Olivenöl. Sie nahm Orangensaft als Getränk. Schließlich aß sie auch ein Stück Melone.

Alexander kam pünktlich um acht Uhr an. Er trug schöne lange Leinenhosen und Slipper aus echtem Leder. Er war ohne Socken. Er trägt ein weißes Baumwollhemd mit kurzen Ärmeln.

Sie machten einen langen Spaziergang durch die Stadt. Das Abendleben war sehr intensiv. Zahlreiche Geschäfte, Restaurants und Cafés waren geöffnet. Man konnte überall griechische oder Popmusik hören. Sie machten eine Weile Pause in einem Café. Schließlich begleitete Alexander Joanna zum Hotel. Am nächsten Tag um zehn Uhr verabredeten sie sich am Strand.

XVII.

Am Mittwochmorgen, dem dritten Urlaubstag, stand Joanna wie gewohnt um sieben Uhr auf. Sie zog ihre Sportkleidung an und lief eine Runde. Sie trainierte, ohne sich einen Vorsprung zu geben, also schwitzte sie viel. Sie trat in die Dusche und hob den Rasierer auf. Joanna wollte, dass ihre Beine und ihr Schambereich besonders glatt sind. Sie sah in den großen Spiegel. Ihr Körper war bereits braun. Sie bemerkte, dass die Lider um die Augen weiß waren. Sie dachte, sie müsse ihr Gesicht mit geschlossenen Augen ohne Brille bräunen. Sie rieb die zarte Haut ihres Gesichts und ihrer Brüste mit einem Faktor 30-Sonnencreme ein. Sie trug einen Faktor 10-Creme auf den Rest ihres Körpers auf. Sie schmierte ihre Füße mit einer zarten Pflegelotion von Scholl. Joanna pflegte regelmäßig die Fersen und den vorderen Teil der Füße mit der Scholl-Regenerationscreme mit 25% Harnstoff. Sie wollte, dass ihre Füße samtig aussahen.

Das Meerwasser zerstörte den Nagellack. Aus diesem Grund griff Joanna nach einem Nagellackentferner und ihre Nägel nahmen eine neue dunkelblaue Farbe an. Sie trägt einen roten Tanga, einen kurzen olivgrünen Rock und ein gelbes T-Shirt. Sie zog ihre silbernen Chantal-Pantoffeln an und ging zum Frühstück. Sie sah super aus.

- Kann ich mit dir frühstücken? - fragte ein deutscher Urlauber, der an ihrem Tisch erschien.

- Es ist schön. Vielen Dank. Aber ich habe meinen Tag schon geplant. Joanna sah auf und antwortete höflich.

- Gut. Entschuldigen Sie. Der Mann ging ein paar Reihen weiter.

Nach dem Frühstück nahm Joanna ihr Smartphone. Sie suchte nach neuen E-Mails und Nachrichten aus der Welt. Der Krieg im Nahen Osten hatte sie niedergeschlagen, und die Ölpreise schwankten auf und ab. Es gibt immer Berichte und Warnungen vor einer Klimakatastrophe.

Handys, dachte sie, sollten im Urlaub verboten werden. Hotels sollten handyfreie Zonen schaffen. Aber es ist tatsächlich ihre Wahl. Immerhin konnte sie ihr Smartphone ausschalten.

XVIII.

Joanna packte eine Strandtasche. Sie nahm ein Portemonnaie mit Kleingeld, Taschentücher, ein Smartphone und einen tolino shine 3 eBook-Reader mit. Sie nahm auch Sonnencreme mit. Als Kopfschutz trug sie ein blau-weißen Tuch mit Elementen der griechischen Flagge. Sie trug immer Birkenstock-Schuhe am Strand.

Als sie um zehn Uhr auf den Strand trat, war Alexander bereits nackt in einem Liegestuhl. Als er Joanna sah, stand er auf. Sie gaben sich die Hand. Joanna zog Kleid und Tanga aus.

- Hallo Alexander. Wahrscheinlich hast du Lust jetzt im Meer schwimmen, weil unsere Körper noch nicht von der Sonne erwärmt werden - sagte sie.

- Es ist eine gute Idee. Ich nahm zwei Tauchmasken mit, damit wir den Boden beobachten konnten.

- Großartig. Ich habe nicht darüber nachgedacht - sie war froh.

Nach dem Bad legte sich Joanna auf den Liegestuhl. Die Sonne beleuchtete die Vorderseite ihres Körpers. Aleksander weigerte sich, im direkten Sonnenlicht zu liegen und drehte seinen Liegestuhl um 180 Grad. Sein Kopf war nahe an Joannas Füßen. Er bemerkte, dass ihre Nägel mit einer schönen neuen Politur bedeckt waren.

- Bist du zum ersten Mal auf Rhodos? Fragte Joanna.

- Ja, ich bin zum ersten Mal auf Rhodos. Letztes Jahr habe ich Kreta besucht.

- Und magst du Griechenland?

- Ja, ich fühle mich hier gut. Hier herrscht eine angenehme, spezifische Atmosphäre. Die Leute sind freundlich und das Wetter ist schön. Kreta und Rhodos sind die Lieblingsziele der Russen - fügte er hinzu.

Joanna nahm den tolino aus der Strandtasche und begann das Buch zu lesen.

- Was liest du? Fragte Alexander.

- Oh, mein altes Lieblingsbuch "Der Kleine Prinz" von Antoine de Saint-Exupéry.[12]

- Dies ist ein weltberühmtes Buch. Ich kenne es auch. In Russland heißt es "Маленький принц".

Nach einer Weile fragte er.

- Kann ich meine Kopfhörer aufsetzen und Musik hören?

_____

[12] [VLW 3.]

- Ja natürlich. Genieß du deinen Urlaub, wie du willst.

Aleksander wählte aus seiner Medienbibliothek die Polonaise in As-Dur von Fryderyk Chopin[13] in der Interpretation von Stanislaw Bunin (Станислав Станиславович Бунин).[14]

Alexander berührte Joannas Füße mit der rechten Hand. Er zeichnete kleine Kreise mit seinen Fingern und massierte sanft ihre Zehen. Joanna fühlte sich sehr wohl damit. Sie dachte, dass sie jetzt zumindest nicht allein war. Gegen Mittag gingen sie ins Café. Wie am Vortag bestellten sie kalte Erfrischungsgetränke und griechischen Kaffee. Zur Mittagszeit schien die Sonne hell und beide wollten zurück ins Hotel.

- Komm für einen Moment zu mir. Ich habe alkoholfreie Getränke im Kühlschrank - Joanna lud ein und stand vor dem Hotel.

Alexander verstand, was los war.

- Gut. Ich würde gerne etwas Wasser trinken.

Im Zimmer zog Joanna spontan ihr Kleid aus und begann Alexander zu küssen. Er ließ sie nicht lange

---

[13] [VM 3.]

[14] Stanislaw Bunin ist ein weltberühmter russischer Pianist, der 1985 den 11. Chopin-Wettbewerb in Warschau gewann.

warten und zog sich auch aus. Sie gingen beide unter die Dusche.

In Joannas Zimmer stand ein großes Doppelbett. Sie nahm die Decke von ihm und legte sich in die Mitte. Alexander legte sich neben sie, aber sein Kopf war nahe an ihren Füßen. Die Füße seiner Partnerin machten einen großen Eindruck auf ihn. Er wollte ihre Zehen küssen. Joanna massierte seine Waden und Schenkel. Beide waren nahe an ihren Genitalien.

Joanna nahm ein Durex-Kondom und zog es über den steifen Penis des Partners. Sie fingen an Sex zu haben. Es war auch eine schöne Erfahrung für Alexander. Bisher hatte er keine feste Freundin. Er war auch nicht als eine Art Frauenheld aktiv. Tatsächlich wartete er auf eine Gelegenheit für sie, ihn zu finden.

Alexander lebte in einem anderen Hotel, so dass er ihr Restaurant nicht kostenlos besuchen konnte.

- Ich habe wegen der Hitze keinen Hunger. Wenn du möchtest, können wir zum Hotelpool gehen - schlug Joanna vor.

- Sehr gerne.

Joanna zog einen wunderschönen bunten Bikini und einen Bademantel an. Aleksander zog Badehose und Sandale an. Joanna ging mit Alexander in Chantal Flip-

Flops zum Pool. Sie beide genossen die Sonne. Alexander hörte weiter Musik.

Sie waren sich einig, dass Aleksander nach dem Abendessen um 20 Uhr in ihr Hotel kommen und einen weiteren Spaziergang machen würde. Am Abend planten sie eine Bootsfahrt nach Lindos für den nächsten Tag. Bei dieser Gelegenheit kaufte Joanna in einem großen Modegeschäft einen gelben LeGer-Overall "Riecke" von Lena Gercke. Sie nahm auch die cognacfarbenen flachen Ledersandalen "Mila" von Apple of Eden. Im Hotel malte sie ihre Nägel mit perlweißem Lack.

XIX.

Lindos ist eine alte griechische Stadt mit dem berühmten Tempel der Athena Lindia an der Spitze.

Joanna und Aleksander stiegen aus dem Schiff und gingen durch die engen Gassen. Sie besuchten zahlreiche Basare und Geschäfte. Sie aßen in einem gemütlichen griechischen Restaurant zu Mittag, traditionelle Gyros mit griechischem Salat. Für diesen starken griechischen Kaffee und stilles Wasser.

Der Besuch des Tempels hat ihnen sehr gut gefallen. Die intensive Sonne war auf ihrem Höhepunkt, so dass es im Tempel fast keinen Schatten gab. Eine junge Gruppe von sechs Personen stellte auf den Steintreppen in der Nähe vom antiken Säulengang eine tragbare Stereoanlage auf. Sie legten den berühmten Standard-Song "Zorbas's Dance" aus dem Film Alexis Sorbas auf und begannen den berühmten Tanz.

Menschen in der Nähe, darunter Joanna und Aleksander, schlossen sich spontan an, so dass sich schnell ein vierreihiges Rechteck bildete, acht Personen pro Zeile. Alle tanzten zur Musik. Joanna fühlte sich wie in einem echten Tempel, in dem Gott mit der Sonne und der Musik verschiedener Menschen aus der ganzen Welt verbunden hat.

Sie kamen etwas müde nach Faliraki zurück, so dass sie nach dem Abendessen keinen Termin vereinbarten.

XX.

Die nächsten Tage verbrachten sie zusammen am Strand. Das Wetter war stabil, die Hitze trocknete das Land. Auf trockenen Weiden tranken Kühe Wasser aus Plastikeimern.

Letzten Freitag am Strand fragte Alexander:

- Joanna, ich habe eine Idee für heute. Kannst du zum Abendessen in mein Hotel kommen? Es hat ein sehr schönes elegantes Restaurant. Ich wollte dich zu einem Abendessen einladen.

Joanna dachte, es sei eine Veränderung, also stimmte sie zu.

- OK, aber ich weiß nicht, wo dein Hotel ist.

- Ich hole dich um sechs ab.

- So gut.

Sie gingen beide zum Mittagessen ins Hotel.

Joanna hat sich auch gut auf diesen Abend vorbereitet. In Lindos kaufte sie einen hochwertigen schwarzen Nagellack in einer Apotheke. Ihre Fingernägel und Zehennägel wurden schwarz lackiert. Sie verschönerte auch ihre Haut mit einer Körperlotion. Ihr Körper war gleichmäßig braun und ihre Brustwarzen verdunkelten sich ebenfalls. Sie zog einen durchsichtigen Netzstring und ein schwarzes ärmellos langes Kleid an. Sie besprengte ihren Hals und ihr Dekolleté mit Prada-Parfüm. Sie steckte eine kleine Flasche Parfüm in ihre Handtasche. Sie nahm auch zwei Durex-Kondome. Joanna zog auch schöne schwarze Sandalen mit Absätzen an. Sie verzierte ihre Ohren mit goldenen Ohrringen.

Alexander kam pünktlich um sechs an. Der Mann trug eine dunkelblaue Hose, ein weißes Hemd und eine hellblaue Jacke. Er sah elegant aus.

- Du siehst heute aus wie eine Opern-Diva. Ich hatte solche Ansichten im Urlaub nicht erwartet - er machte ihr ein Kompliment.

- Oh danke. Du siehst auch elegant aus.

Sie gingen beide ins Restaurant.

- Mein Urlaub endet bald. Ich fliege am Montagmorgen nach Russland. Möchtest du mit mir in Kontakt bleiben? Fragte Alexander.

Sie tauschten ihre Visitenkarten aus.

XXI.

Alexander ist am Montag nach Hause geflogen. Joanna verbrachte den Rest des Urlaubs allein. Nach dem Frühstück machte sie sich bereit, an den Strand zu gehen. Sie würde zum letzten Mal einen wunderschönen FKK-Strand besuchen.

Sie sah ihren Körper im Spiegel an. In den letzten Tagen hat die Sonne die Produktion von Melanin, dem Hautpigment, intensiv provoziert. Da sich ihre Haut bereits mit der Sonne angefreundet hat, hat Joanna sie mit Sonnencreme 10 beschmiert.

Wie immer nahm sie ihren Lieblingsplatz am Strand, ganz in der Nähe des Meeres. Sie zog sich aus und ging ins Wasser. Alexander hatte ihr die Tauchbrille geschenkt, damit Joanna den Boden beobachten konnte. Dann schwamm sie auf dem Rücken. Ihre Brüste waren über dem Meeresspiegel. Die Warzen beobachteten die Natur wie Periskope. Vogelschwärme flogen über den Himmel und tauchten von Zeit zu Zeit ins Meer. Sie wollten auch Frühstück. Das Wasser im Meer war nicht kontaminiert, so dass die Fische auch als Futter für die Vögel gesund waren. Vögel könnten auch gesund leben. Joanna fragte sich, warum Menschen die Natur zerstörten, indem sie Zigarettenkippen, Plastikflaschen, Dosen und

Essensreste ins Meer warfen. Es vergiftete die Natur und die Menschen würden bald auf einer Mülldeponie leben. Warum können andere Orte nicht so schön und natürlich aussehen wie hier?

Sie setzte sich auf den Liegestuhl. Sie wischte ihren Körper mit einem Handtuch ab, aber bei dieser Temperatur trocknete die Haut so schnell aus. Sie legte sich auf den Bauch und las "Den kleinen Prinzen" aus tolino. Sie hielt länger bei einem Satz inne:

Man sieht nur mit dem Herzen gut. Das Wesentliche ist für die Augen unsichtbar.[15]

Joanna rollte sich auf den Rücken und ihr Körper war von vorne der Sonne zugewandt. Sie trug einen blau-weißen Schal auf dem Kopf. Sie dachte über die Bedeutung des Satzes im Buch nach. Das Herz wurde das Symbol unserer inneren Seele genannt. Praktisch alles, was Menschen tun, kam oder sollte von einer Idee kommen, von der Planung. Gott schuf auch das Universum und die Erde nach einem Plan.

Tatsächlich wird der Mensch durch seine Seele definiert, und der Körper ist nur sein Träger. Man muss also bei anderen Menschen eine Person sehen, die denkt, Gefühle und Träume hat. Wir dürfen andere

---

[15] [VLW 3.]

Menschen nicht beleidigen, weil sie an andere Religionen glauben oder andere Sexualität praktizieren.

XXII.

Der nächste Tag wird ihr letzter in Griechenland sein. Aus diesem Grund wollte Joanna im Bikini am hoteleigenen Pool entspannen.

Sie sprach viel mit Alexander über Literatur und Musik. Sie mochte russische Musik und lernte viele Werke Tschaikowskys kennen, darunter das berühmte Erste Klavierkonzert.[16]

Beim letzten Treffen gab Alexander ihr eine kurze Liste seiner Lieblingswerke. Drei waren von russischen Komponisten, ein Musiker war Italiener. Joanna konnte an diesem Abend die Musik im iTunes Store kaufen und auf ihr iPhone herunterladen. An diesem Tag brachte sie ihre drahtlosen Bluetooth-Kopfhörer Bose und iPhone in den Pool. Sie nahm einen Platz auf einer Sonnenliege mitten im Pool und legte sich auf ein großes Badetuch. Sie hörte die Musik über Kopfhörer.

Das erste Stück war "Säbeltanz" von Aram Chatschaturjan[17]. Starke, schnelle Töne von Violinen, Becken und Blasinstrumenten verliehen der Musik einen dynamischen Charakter. Ihre Seele erwachte nach dem Frühstück. Dann hörte sie den schönen

---

[16] [VM 15.]
[17] [VM 2.]

"Walzer der Blumen" aus der Suite von Tschaikowski "Nussknacker".[18]

Die Musik beruhigte Joanna ein wenig. Dann wechselte sie die Position, legte sich auf den Bauch und nahm einen Schluck Mineralwasser.

Dann kam das sentimentale Stück "Scheherazade" von Nikolai Rimski Korsakow.[19] Joanna schloss die Augen und konzentrierte sich auf die Musik.

Nach dem dritten Werk schaltete Joanna ihr iPhone aus und ging zur Poolbar. Sie bestellte einen typisch griechischen Kaffee und ein Sprite Zero. Sie trank schnell ihren Kaffee und machte einen kurzen Besuch auf der Toilette. Dann beobachtete sie den Bereich vom Barhocker aus. Eine polnische Familie ruhte sich am Pool aus, wo wunderschöne Sträucher mit weißen Blumen wuchsen. Die Eltern waren ungefähr dreißig, der Junge war ungefähr acht und die Tochter war sechs. Der Mann nahm eine Nikon-Kamera und wollte seine Frau fotografieren. Sie stand oben ohne, ihr Körper hatte eine braune Farbe. Joanna dachte, dass die Polin ihren toplessen Urlaub genossen haben muss. Die Frau bedeckte ihren roten Tanga mit einem roten Pareo. Ihre Hände und Füße wurden mit leuchtend rotem,

---

[18] [VM 15.]
[19] [VM 11.]

glänzendem Nagellack hervorgehoben. Die Frau hatte schöne blonde Haare. Sie nahm die klassische Position mit ihren Händen auf Hüfthöhe ein. Ihr rechtes Knie war leicht gebeugt, so dass auch ihre rechten Zehen gebeugt waren. Der Mann machte einige Fotos. Dann bedeckte die Frau ihre Brüste mit den Händen und ihr Gesicht nahm einen mysteriösen Ausdruck an. Später zog sie ein dreieckiges Bikinioberteil an und alle standen mit den Kindern in der Nähe eines blühenden Busches.

- Entschuldigung, können Sie uns fotografieren? Der Mann fragte Joanna.

- Na sicher. Joanna stand vom Stuhl auf. Sie nahm die Kamera und platzierte die Gruppe in der Mitte des Fotos. Sie machte einige Fotos. Der Mann wollte sich bedanken, aber Joanna sagte schnell:

- Moment mal, ich habe einen Vorschlag.

- Ja?

- Bitte setzen Sie sich in die Mitte des Liegestuhls. Ihre Frau sollte auf Ihrem Schoß auf der linken Seite Ihres Armes sitzen, schlug sie vor.

Die Frau setzte sich so, wie Joanna es wollte.

- Bitte umarmen Sie Ihren Mann mit der linken Hand, damit Ihre rechte Hand auf dem rechten Schlüsselbein des Mannes landet.

Die Frau umarmte ihren Mann und breitete leicht die Finger aus. Sie streckte auch ihr linkes Bein aus und kreuzte ihr rechtes Bein über dem Knie, so dass die rechte Wade und der rechte Fuß gerade in Richtung Joanna gedreht wurden. Joanna näherte sich ihrer Tochter und fragte:

- Wie heißt du?

- Zosia - antwortete das Mädchen.

- Zosia, bitte setz dich auf die rechte Seite deines Vaters und lege deine linke Hand auf den Oberschenkel deiner Mutter.

Dann wandte sie sich an den Jungen.

- Wie heißt du?

Ich heiße Tomek, stellte er sich vor.

- Tomek, bitte setz dich neben deine Mutter.

Joanna korrigierte nur die Position des rechten Fußes der Frau, damit die schönen Zehen mit rotem Lack auf dem Foto gut aussehen konnten. Sie machte drei Fotos aus verschiedenen Blickwinkeln. Dann ging sie zu dem Mann hinüber.

- Bitte, das ist deine Kamera.

Die Familie war ihr dankbar.

- Vielen Dank - sagte der Mann.

Joanna trank eine Sprite und saß einen Moment im Schatten an der Bar, dann kehrte sie zum Liegestuhl zurück. Sie setzt ihre Kopfhörer auf und schaltet die Musik ein. Sie hörte das berühmte Chorstück "Va, pensiero" aus Verdis Oper "Nabucco".[20]

Als sie dem Chor zuhörte, dachte sie, dass sich die Geschichte wiederholte. Die Oper erzählt die Geschichte der jüdischen Gefangenschaft in Babylon ab 586 v. Chr.[21]

Im Moment fliehen andere Menschen aus dem Nahen Osten nach Europa. Warum kann es auf der Welt keinen Frieden, keine Liebe und keine Barmherzigkeit geben?

Joannas Urlaub ging zu Ende und sie wollte es kurz zusammenfassen. Der Aufenthalt war unglaublich, schönes Hotel mit gutem Essen, ohne Chemikalien oder Geschmacksverstärker, in einem Naturschutzgebiet.

---

[20] [VM 17.]
[21] [VLM 14.]

Sie hat mehrere Bücher gelesen, darunter den Koran. Sie kam mit vielen guten Erfahrungen nach Hause. Sie machte viele Fotos mit ihrem Smartphone.

Sie traf auch einen intelligenten, freundlichen und gutaussehenden Mann, den russischen Musiker Alexander.

Es war der schönste und tatsächlich erste Sommerurlaub in ihrem Leben. Ende August konnte sie wieder arbeiten.

XXIII.

Die Anwaltskanzlei entwickelte sich und Werner beschloss, einen zusätzlichen Büroassistenten einzustellen. Joanna platzierte Anzeigen in der Zeitung und im Arbeitsamt. Es gab viele Anträge, aber die meisten konnten sofort abgelehnt werden.

Werner hatte am Freitag einen Termin mit Marlene. Es war Mitte September, die Tage waren noch warm, aber keine Hitze. Die Natur bereitete sich auf den Herbst vor. Die Bäume verloren langsam ihre Blätter. Die Natur hat eine goldbraune Farbe angenommen.

Marlene kam genau mittags an. Sie trug eine cremefarbene Blumenbluse und einen olivfarbenen Midirock. Elegante kastanienbraune PETER KAISER Pumps betonten ihre schlanken Beine. Sie machte einen selbstbewussten Schritt, stellte sich vor und begrüßte Werner. Werner bot ihr einen Platz an und fragte, ob er etwas zu trinken arrangieren sollte. Marlene bestellte stilles Wasser.

Der Anwalt begann das Gespräch mit einer kurzen Präsentation. Er sagte, er sei der Leiter einer Anwaltskanzlei, die große Mandanten, aber auch Privatkunden betreue. Es hat auch Zeit für arme Menschen, die sich keine Rechtshilfe leisten können. Da sich die Anwaltskanzlei gut entwickelt, möchte er das Team mit einem neuen Assistenten oder Assistenten verstärken. In diesem Jahr plant er, ein oder zwei neue Anwälte einzustellen. Dann wandte er sich an Marlene:

- Erzählen Sie mir etwas über sich selbst, Ihre Berufserfahrung und warum Sie sich beworben haben.

- Ich bin achtundzwanzig. Im Moment bin ich Single und arbeite in einer kleinen Firma als Sekretärin. Ich suche jedoch nach neuen Möglichkeiten für die persönliche und berufliche Entwicklung. Ich dachte, dass es für mich sehr interessant wäre, in einer Anwaltskanzlei zu arbeiten, die sich mit verschiedenen Kundenfragen befasst.

- Aber Sie haben gerade nichts mit dem Gesetz zu tun? Fragte Werner.

- Nun, in Bezug auf die Arbeit in einer solchen Anwaltskanzlei ist es nicht. Aber natürlich hatte mein Unternehmen auch rechtliche Vereinbarungen, Rechtsstreitigkeiten mit Kunden und manchmal mit Mitarbeitern. Dieses Problem ist mir also nicht fremd - erklärte sie.

- Welches Gehalt erwarten Sie?

- Nun, ich dachte, es wäre anspruchsvoller, hier zu arbeiten, und im Vergleich zu meinem vorherigen

Gehalt am Anfang hätte ich gerne fünftausend Euro brutto.

- Ja, das ist ein gutes Angebot. Ich muss sagen, dass Joanna im Büro bestimmte Dresscode-Regeln auferlegt hat. Es ist sehr wichtig, dass alle Mitarbeiter gut aussehen und gut gepflegt werden. Aus diesem Grund verfügt jeder Mitarbeiter über ein monatliches Budget von dreihundert Euro für den Kauf von Kleidung, Friseuren und Kosmetika. Am Ende eines jeden Monats sammelt Joanna alle Rechnungen und begleicht sie. Besondere Bedürfnisse wie zusätzliche Schuhe oder ein Mantel, der den monatlichen Betrag übersteigt, müssen mit Joanna besprochen und von ihr genehmigt werden.

- Dies ist eine großartige Idee, da Kunden nicht sehen können, was sich in unseren Computern oder Büchern befindet. Unsere Kunden sehen uns und beurteilen uns auch anhand unseres Charismas. Ich denke, es ist eine gute Lösung - sagte das Mädchen.

- Wir sprechen über die Kleiderordnung und Sie sagten, Sie hätten zuvor für eine andere Firma gearbeitet. Aber heute sind Sie relativ locker gekleidet zu dem Treffen gekommen. Dies beweist dagegen.

Marlene lächelte leicht.

- Boss, heute ist Freitag. Viele Unternehmen, ich dachte auch Ihre, haben heute einen ungezwungenen Freitag. Wenn ich heute wie an anderen Tagen in der normalen Kleiderordnung zu diesem Interview kommen würde, würde ich anders aussehen als Ihr Team. Als ich das Büro betrat, stellte ich fest, dass ich die richtige Entscheidung getroffen hatte. Zum Beispiel ist Joanna heute auch locker gekleidet. Du trägst keine Krawatte oder schwarze Hose. Sie tragen alle Alltagskleidung. Deshalb wollte ich während des Interviews zeigen, dass ich mich in Sie integrieren und nicht anders aussehen möchte - schloss sie.

Werner war erfreut und begeistert von dieser Erklärung, die logisch klang.

- Wann kannst du anfangen? - Er hat gefragt.

- Es ist schon Mitte September. Der 1. Oktober ist für mich so realistisch. Zuvor hatte ich meinen Chef bereits darüber informiert, dass ich nach einem anderen Job suche. Und er hat meine Nachfolgerin bereits eingestellt. In meiner Firma sind wir also beide in der gleichen Position. Ich denke, er wird froh sein, seine Firma Ende September zu verlassen. Ich wollte jetzt ein paar Tage frei nehmen.

- Großartig, komm am Montag um 14 Uhr. Wir müssen einen Arbeitsvertrag unterschreiben. Und Sie füllen das

Blatt heute aus und geben Ihre persönlichen Daten, Bankdaten und Steuernummer an. Wir benötigen diese Informationen, um einen Arbeitsvertrag vorzubereiten. Anfang Oktober erhalten Sie von uns Ihr Business-Handy und Ihre E-Mail-Adresse. Alle geschäftlichen Anrufe, Telefonanrufe, Faxe und E-Mails bei uns können nur mit unseren sicheren Arbeitsgeräten getätigt werden. Zum Schluss noch eine Sache. Bitte erklären Sie heute oder am Montag mit Joanna, welche Kleidung Sie für den Oktober vorbereiten müssen, was Sie bereits haben und was Sie sonst noch kaufen müssen. Rechnungen werden erstattet.

Marlene machte einen positiven Eindruck. Sie bewegte ihre Beine auf dem Stuhl und trank etwas Wasser. Werner fragte, ob er irgendwelche Fragen oder eine Anfrage hätte.

- Ja, ich möchte einen Kaffee trinken und fragen, wie sieht das mit Arbeitszeiten, lange Reisen, Ferien und andere organisatorische Angelegenheiten aus. Wo kann ich mein Auto parken? Verfügt das Büro über bestimmte Parkplätze oder bekomme ich die Schlüssel vom Büro?

Werner war froh, dass Marlene danach gefragt hatte. Dies bedeutete, dass sie eine Person ist, die interessiert, engagiert und bereit ist, so schnell wie möglich vollen Service zu bieten.

Marlene veränderte die Position ihrer Beine und ihre Knie wurden von ihrem Rock befreit. Werner ließ den Blick keinen Moment aus den Augen. Joanna brachte ihnen Kaffee und Wasser.

- Unsere Arbeitszeit beträgt acht bis siebzehn. Wir haben eine Mittagspause zwischen 13 und 14 Uhr. Es ist Ihre Entscheidung, ob Sie im Büro bleiben, zum Mittagessen ausgehen oder eine Pause machen möchten. Oder Sie können in die Stadt gehen. Es gibt zwei gute Restaurants und drei Fast-Food-Restaurants in der Nähe. Wie Sie sehen können, gibt es auch ein kleines Einkaufszentrum in der Nähe - sagte Werner.

- Für das Parken haben wir einen Vertrag für die Garage, die Sie auf der anderen Straßenseite gesehen haben. Dort können Sie gegen eine geringe Gebühr von 30 Euro pro Monat einen Parkplatz reservieren. Tatsächlich nutzt jeder von uns diese Option, weil das Auto dort sicher ist.

Marlene und Werner tranken Kaffee. Nach einer Weile fragte Werner sie fest:

- Sind Sie daran interessiert, hier zu arbeiten, und sollten wir einen Vertrag für Montag vorbereiten, oder brauchen Sie etwas Zeit, um darüber nachzudenken?

- Danke für die Einladung. Ich mag deine Anwaltskanzlei. Ich werde gerne Anfang Oktober mit der Arbeit beginnen. Ich werde am Montag um 14 Uhr dort sein, um den Vertrag zu schließen - sagte Marlene.

Werner freute sich. Sie gaben sich die Hand und Marlene ging zu Joanna, um das persönliche Formular auszufüllen.

XXIV.

Einen Monat nach dem Urlaub auf Rhodos erhielt Joanna ein Paket aus St. Petersburg in einem mit Luftpolsterfolie gesicherten Umschlag. Neben einem kurzen Brief schickte Aleksander eine CD mit dem Album "Golden Songs" von Alla Pugatschowa[22] und einem USB-Stick. Alla Pugatschowa, die berühmte russische Sängerin und Komponistin[23], war Joanna nicht wirklich bekannt. Aus diesem Grund schaute die Frau auf Wikipedia. Mit dem Google Übersetzer übersetzte sie die Texte. Besonderes Augenmerk legte sie auf das Lied "Könige dürfen alles"[24]. Ein Stück mit weisen Texten und einer schönen Melodie. Könige dürfen alles tun, außer aus Liebe zu heiraten - das ist seine Botschaft.

Während Joanna Musik hörte, steckte sie ein USB-Flash-Laufwerk in den Computer. Es gab viele Fotos in den Medien vom griechischen Urlaub mit Alexander. Joanna lachte und stellte fest, dass Aleksander eigentlich keine Erlaubnis hatte, Fotos von ihr zu

---

[22] [VM 10.]
[23] 1981 bekam sie in der Bundesrepublik Deutschland das "Goldene Mikrofon" als Sängerin des Jahres.
[24] 1978 der Grand-Prix des 2. Intervision Liederwettbewerbs Festivals im Sopot, Polen

machen. Die Fotos waren so schön, dass sie dankbar war.

Sie bemerkte das Foto, auf dem sie wie eine Meerjungfrau aus dem Meer kam. Es waren zahlreiche Wassertropfen in der Luft, ihr Körper war sinnlich. Auf der Website "Poster-XXL" bestellte sie mit diesem Foto eine 80x60 Zentimeter große Leinwand in einem Holzrahmen. Das Bild wurde in der Mitte des Wohnzimmers aufgehängt. Joanna schickte Alexander eine E-Mail und fügte einige Fotos von ihrem Smartphone hinzu.

XXV.

Ende September, also Anfang Herbst, war das Wetter schlecht. Die Tage waren viel kürzer, kalt, feucht mit viel Regen. Es war auch windig. Die Morgen waren noch kalt und neblig, aber die Sonne war von Mittag bis Abend häufig.

Joanna wusste, dass es bald kälter werden würde und bestellte Jeans und schwarze Hosen ONLY. Sie kaufte auch schwarze Stiefel von Tamaris.

Der erste Dienstag im Oktober war ein sonniger, aber kühler Tag. Joanna machte mit den Hunden nach der Arbeit einen langen Spaziergang und ließ sie dann zu Hause. Um halb sieben hatte sie einen Termin im Schönheitssalon. Ihre Füße und Hände wurden mit einer Massage entspannt und nach einem Fußbad wurden ihre Nägel erfrischt und mit Lack lackiert. Abends war es windig und Joanna konnte nicht schlafen. Ihre Hunde spürten den herannahenden Sturm und lagen nicht auf ihren Betten, sondern gingen als Wachen zu Joannas Bett.

Gegen eine Uhr in der Nacht brach ein Gewitter aus. Die Luft erfrischte sich.

Am Morgen war es wieder warm und sonnig, also entschied sich Joanna für rote knöchellange Hosen und neue rote Högl-Ballerina. Sie zog eine weiße Bluse und eine gelbe Jacke an und nahm einen eleganten Lederrucksack mit.

Sie kam etwas früher zur Arbeit und zog sich Bürokleidung an. An diesem Tag trug sie einen dunkelgrünen Anzug mit einer hellgrünen Bluse, Strumpfhosen und grünen Pumps. Um neun Uhr brachte der Postbote viel Korrespondenz. Gerichtsbriefe, Briefe von Kunden. Rechnungen von Versorgungsunternehmen und Handel lagen auf ihrem Schreibtisch. Joanna ordnete die Dokumente und verbesserte die Arbeitspläne des Teams für die kommenden Tage.

Um 13 Uhr schlug Werner Joanna vor, gemeinsam zum Mittagessen zu gehen. Als sie sich schläfrig fühlte, antwortete sie:

- Danke, Werner. Ich nahm etwas zu essen mit. Ich werde die Papiere sortieren und heute im Büro bleiben.

Als alle zum Lunch gingen, wollte Joanna sich eine Weile ausruhen, weil sie letzte Nacht nicht gut geschlafen hatte. Sie zog Schuhe, Strumpfhosen, Jacke und Bluse aus. Sie nahm auch die Silikoneinsätze aus dem Büstenhalter, um etwas Freiheit zu haben. Sie lag auf der Couch und ihre Füße ruhten auf der Rückenlehne. Am Vortag war ein neuer roter Lack in Tomatenfarbe auf ihren Zehennägeln erschienen. Die

Fingernägel glänzten perlmuttartig. Die Assistentin schlief ein. Der Rock bewegte sich in Richtung der Hüften und befreite die Oberschenkel. Die Sonne schien durch das Fenster hinter ihrem Kopf und beleuchtete Joanna.

Werner kam etwas früher vom Mittagessen zurück. Joannas Tür war angelehnt. Der Anwalt wollte die Assistentin nach etwas fragen, klopfte an und trat ein. Zuerst dachte er, dass Joanna dort völlig nackt war, weil die Sonne so intensiv auf ihrem Körper war. Aber er sah, dass sie einen Rock und einen Büstenhalter trug. Auf dem Tisch neben der Couch lagen zwei weiße Silikoneinsätze. Werner verließ leise den Raum und fand diese Silikonzubehörteile sehr praktisch und clever. Joannas nackte Beine waren immer noch vor seinen Augen.

Er wollte Kaffee kochen, aber bevor er den Knopf drücken konnte, gab er auf. Das Geräusch der Kaffeemühle würde Joanna wecken. Er nahm eine Flasche Mineralwasser und ging in sein Büro. Werner dachte an Joanna. Bisher hatte er nur geschäftlichen Kontakt mit ihr. Die junge Frau war die Chefin seines Büros. Für ihn war sie eine weise Person, die alles perfekt organisieren konnte. Sie war fleißig, elegant und gepflegt. Aber heute sah er sie zum ersten Mal als begehrenswerte Frau.

Joanna kam pünktlich um zwei Uhr in seinem Büro an. Sie leitete neue Korrespondenz an ihn weiter und gab bekannt, dass sie ihm die Tagesordnung für das Teamtreffen am Freitag per E-Mail geschickt hatte. Außerdem brachte sie eine Bewerbung eines jungen Anwalts.

- Hast du diese Dokumente gelesen? Was denkst du über ihn? - Er hat gefragt.

- Ich habe tatsächlich gemischte Gefühle. Er erweckt den Eindruck, eine voreingenommene Person zu sein.

-Du kannst ihn diesen Montag um elf Uhr treffen und du werdest die Gelegenheit haben, ihn persönlich kennen zu lernen - antwortete sie lachend.

- Du machst dich Sorgen, dass der Mann meine Stimmung vor dem Abendessen verdirbt. - Dann musst du mit mir zum Mittagessen kommen, sagte er.

- Werner, ich gehe gerne mit dir essen, aber heute hatte ich keine Lust dazu - Joanna lachte.

Auf dem Heimweg analysierte Werner das heutige Ereignis. Sie trägt im Büro immer Schuhe mit verdeckten Zehen, aber heute sah er ihre gepflegten Füße und Silikon-BH-Polster. Sie muss glücklich verlobt sein. Ansonsten, warum und für wen würde sie das tun. Sein Herz fühlte Lust.

Joanna kam gegen sechs nach Hause. Unterwegs machte sie einige kleine Einkäufe. Ihre Hunde warteten. Der Abend war wieder kalt, also wollte Joanna keinen langen Spaziergang machen. Abends bereitete sie etwas zu essen zu und hörte klassische Musik. Nach dem Baden zog sie ein Nachthemd an und ging ins Bett.

XXVI.

Ende Oktober war das Wetter wechselhaft und die Tage wurden noch kürzer. Die Arbeit im Büro entwickelte sich rasant.

Der neue Anwalt Hubert wurde von Werner engagiert und machte überraschenderweise einen sehr guten Eindruck. Er mochte es, dass es auch Nonprofit-Sprechstunden im Büro gibt. Seiner Meinung nach war es mehr wert als die teuerste Werbung, und die Hilfe für Bedürftige gab ihm viel Befriedigung.

Joanna hat regelmäßig mit Werner gegessen. In dieser Zeit lernten sich beide besser kennen. In der Pause sprachen sie nicht über geschäftliche Angelegenheiten, sondern über Literatur und klassische Musik. Werner fragte auch nach ihren Hunden.

Joanna begleitete ihn mehrmals in Gerichtsverfahren.

Ende November waren sie bei einer Anhörung in Köln. Joanna sah auf dem Heimweg traurig aus. Werner bemerkte, dass sie ein Problem hatte, das sie nicht erwähnen wollte. Im schlimmsten Fall, dachte er, würde sie sein Büro verlassen wollen. Wahrscheinlich hatte einen besseren Job gefunden.

- Werner, ich habe eine Anfrage. Kannst du auf dem nächsten Restaurantparkplatz eine kurze Pause machen? Ich will mit dir reden, sagte sie schließlich.

-Natürlich - stimmte er zu.

Er dachte, er würde jetzt die Wahrheit herausfinden, aber selbst die schlimmste Wahrheit war besser als die beste Lüge.

Das Restaurant war ordentlich und beide hatten ein gutes Mittagessen.

- Werner, ich muss dir die Wahrheit sagen. Ich arbeite seit mehreren Monaten für dich. Der Anwaltskanzlei geht es gut, aber du weiß nicht alles über mich. Ich habe zwölf Jahre als selbständige Prostituierte gearbeitet. Am Ende auch als Masseurin. Ich befürchte, dass einer meiner ehemaligen Kunden mich erkennt, wenn er unser Büro besucht. Und dann wird die Situation für dich und mich unangenehm - sagte sie.

- Deine Anwaltskanzlei kann ihren Ruf verlieren. Es wäre also wahrscheinlich besser, wenn ich einen anderen Job bekommen würde. Bitte gib mir nur ein oder zwei Monate, um einen neuen zu finden.

Werner hörte Joanna mit großer Aufmerksamkeit und Verständnis zu. Er nahm einen Schluck Wasser und analysierte die Situation. Die junge Frau sah traurig aus und er fühlte, dass sie seine Praxis nicht verlassen wollte.

- Hör mal Joanna. Ich schätze dich und deine Arbeit. Meiner Meinung bist du eine gute, intelligente Frau. Du strahlst nicht nur wunderschön mit deiner Weiblichkeit, sondern auch mit Empathie - sagte er.

- Prostitution ist in Deutschland legal und niemand kann dich bestrafen. Die Philosophie unserer Anwaltskanzlei ist, dass wir allen Menschen offenstehen, insbesondere denen, die Hilfe benötigen. Ich kann dich auch nicht dafür bestrafen oder entlassen, dass du eine Prostituierte wärest. Ich bin so froh, dass du mir die Wahrheit gesagt hast. Wenn einer deiner ehemaligen Kunden ein Problem provoziert oder dich erpresst, sagst du es mir sofort. Ich werde entsprechend reagieren.

- Danke, Werner. Aber denkst du noch einmal darüber nach. Ich möchte in deinem Büro bleiben, aber wollte dem Unternehmen jedoch keine Probleme bereiten.

Joanna hatte Tränen in den Augen.

- Joanna, ich werde das Unternehmen erweitern und neue Leute einstellen. Ich habe die Position der Direktorin der Firma für dich geplant. Du wirst administrative und personelle Aufgaben ausführen.

Entspannst du dich, alles wird gut. Bitte weine nicht. Werner nahm ihre Hände und küsste sie.

- Danke Werner - wiederholte Joanna.

Dann fuhren sie nach Hause.

XXVII.

Es war Januar, die dritte Winterwoche. Dieses Jahr war es frostig, mit ziemlich viel Schnee, manchmal regnete und schneite es. Es war kalt und trocken an diesem Tag. Joanna ging um halb acht zur Arbeit. Die dunkelorange Scheibe der Sonne war immer noch niedrig. Eisige Straßen zwangen Joanna, zu Fuß zur Arbeit zu gehen. Sie trug Jeans, klassische schwarze Lederstiefeletten "Quela" von Lamica und einen dunkelgrünen Wintermantel aus Wolle. Sie steckte sich eine hellgraue Wollmütze über den Kopf, einen langen Wollschal um den Hals, und ihre Hände waren mit Wollhandschuhen geschützt. Zu Hause rieb sie sich das Gesicht mit fettiger Creme. Sie trug auch eine schwarze A4-Bürotasche. Sie musste ungefähr fünfundzwanzig Minuten laufen, aber sie hatte genug Zeit, weil die Arbeit um acht begann. Ungefähr 10 Minuten später hielt eine schwarze Mercedes C-Klasse neben ihr.

- Joanna, steig ein. Wir werden zusammenfahren! Rief Werner durch das offene Fenster.

Joanna stieg ins Auto ein und begrüßte den Anwalt. Im Auto war es warm, also zog sie Mütze und Handschuhe aus und knöpfte die oberen Knöpfe ihres Mantels auf. An ihrem linken Ringfinger trug Joanna einen Weißgoldring mit kleinen CHRIST-Diamanten. Die

Nägel waren mit dunkelgrauem Lack verziert. Werner richtete seine Aufmerksamkeit auf ihren Ring.

- Darf ich fragen, bist du verlobt?

- Nein, ich bin Single. Oma hat mir diesen Ring gegeben. Er sollte mir eines Tages Glück bringen - antwortete sie.

Werner wollte die Situation allein mit Joanna ausnutzen.

- Joanna, kann ich dich privat fragen?

- Na sicher.

- Ich mag dich. Du bist eine intelligente, attraktive Frau. Ich schätze dich nicht nur als Büroangestellten, sondern auch, weil du viel Einfühlungsvermögen, Freude und Toleranz gegenüber anderen hast.

- Vielen Dank. Trotzdem bin ich allein, vierunddreißig Jahre alt und habe kaum eine Chance, eine echte Beziehung aufzubauen.

- Och, übertreibst du nicht? Wenn du einen guten Mann finden willst und du daran glaubst, dass du das erreichst, irgendwann wird es sich erfüllen.

- Heute ist Dienstag. Hättest Du wahrscheinlich Zeit und Lust, mit mir am Freitag zur Oper zu gehen? Ein

Stück von Giacomo Puccini, "Madame Butterfly"[25], wird auf der Bühne stehen.

Joanna hörte regelmäßig klassische Musik und hatte diese Oper bereits in ihrer iTunes-Medienbibliothek.

- In welches Opernhaus möchtest du gehen? - sie fragte.

- Zum Opernhaus in Düsseldorf. Es ist nicht weit. Wir müssen ca. siebzig Minuten fahren. Ich hole dich um sechs ab.

Joanna dachte an ihre Hunde und überlegte das.

Eigentlich sollte es ihrerseits gut passen.

- Grundsätzlich stimme ich zu. Aber es gibt noch ein Problem - sie fügte hinzu.

- Was?

- Ich brauche ein entsprechendes Kleid und Schuhe.

- Es ist kein Problem. Du kannst heute zwei Stunden früher in die Stadt fahren und ein Kleid kaufen oder online bestellen. Die Ware wird morgen oder übermorgen geliefert.

- Du bist sehr nett, Werner, aber so einfach ist das nicht. Das Kleid muss nicht nur mir, sondern auch dir passen. Es gibt oft ein solches Problem, dass der Mann der Frau

---

[25] [VM 9.]

sagt: Kaufst du, was du willst, hier ist meine Kreditkarte. Diese Beziehung endet früher als sie begonnen hat. Wenn du eine Partnerschaft aufbauen möchtest, müssen wir solche Entscheidungen gemeinsam treffen.

Das Auto stand fast vor der Garage.

- Während der Mittagszeit werde ich im Internet nach geeigneten Angeboten suchen und diese mit dir besprechen - sagte Joanna.

Werner freute sich. Er dachte, es wäre schwieriger für Joanna zu denken:

Du bist mein Chef, ist das in Ordnung? - Also wird sie Probleme schaffen.

Joanna und Werner wählten ein klassisches schwarzes Kleid mit rundem Ausschnitt und ellenbogenlangen Ärmeln. Das Kleid war oberschenkellang vom ONLY Modehaus. Sie bestellten auch schwarze Bugatti-Pumps und einen klassischen schwarzen Bruno Banani-Trenchcoat.

XXVIII.

Am Freitag beendeten Joanna und Werner die Arbeit vorzeitig. Um 17 Uhr machte Joanna mit den Hunden einen kurzen Spaziergang.

Der Tag war kalt, aber zum Glück regnete es nicht. Die Hunde wollten jedoch nicht länger draußen sein. Sie waren es gewohnt, dass ihre Geliebte von Zeit zu Zeit nach draußen ging und spät in der Nacht oder am nächsten Morgen zurückkam.

Joanna sah Werners Auto durch das Fenster und ging die Treppe hinunter. Der Mann trug einen eleganten Smoking und ein klassisches weißes Hemd. Er band sich eine schöne schwarze Fliege um den Hals. Werner parkte und stieg aus dem Auto. Er begrüßte Joanna mit zwei schnellen Küssen. Er hielt eine kleine Douglas-Papiertüte in der Hand.

- Joanna, das ist für dich und unser erstes privates Treffen. Ich habe mich für Prada-Parfums entschieden.

Joanna war zufrieden. Sie zog ihren Mantel aus und stieg ins Auto. Die Temperatur im Auto war angenehm und der WDR4-Sender spielte im Radio.

- Joanna, kennst du diese Oper und ihr Libretto? Fragte Werner.

- Ja, ich habe "Madame Butterfly" schon einmal gehört, aber nur von der Stereoanlage. Ich habe sie nicht live in der Oper gesehen. Ich mag dieses Kunstwerk. Die Protagonistin ist eine Prostituierte, eine Geisha aus Japan, die im Hafen arbeitet.

Sie kamen pünktlich an und ließen ihre Kleidung in der Garderobe. Joanna korrigierte ihre Frisur ein wenig. Sie sah perfekt aus. Werner freute sich. Er dachte, dass er nicht erwartet hatte, dass seine Begleiterin in einem klassischen geraden Kleid so attraktiv aussehen würde. Ihre Haare waren zurückgebunden und ihre Ohren waren frei. Dies war das erste Mal, dass er ihre Ohren schmucklos sah, da sie normalerweise kleine silberne Ohrringe trug. Die Nägel waren mit schwarzem Lack unterstrichen. Sie trug dünne anthrazitfarbene Strumpfhosen an den Beinen.

Vor dem ersten Akt tranken sie ein alkoholfreies Getränk. Joanna sah die Oper mit Tränen in den Augen. Werner war ebenfalls bewegt. Auf dem Heimweg fragte Joanna Werner plötzlich:

- Sagst mir bitte, stimmt das, dass ich die Chefin der Kanzlei bin?

- Ja, es ist wahr.

- Deshalb muss ich mich als Chefin um mein Team und dessen Entwicklung kümmern. Ist das richtig?

- Es ist gewünscht.

- Gut. Aus diesem Grund muss ich mich auch um deine Entwicklung kümmern. Jetzt muss ich dich prüfen.

- Prüfung? Er war überrascht.

- Ja! Du hast "Madame Butterfly" gehört. Sag es mir als Anwalt. Beide Helden haben diese Tat gemeinsam begangen. Nach dem Gesetz sollten beide gleich bestraft werden oder beide sollten als unschuldig angesehen werden. Warum kehrte ein amerikanischer Marineoffizier gerade mit seiner Frau und seinem Sohn nach Amerika zurück, und Butterfly - Cio-Cio-San - nahm sich das Leben?

Werner analysierte mental viele Artikel des Kodex, ähnliche Verfahren, Urteile des Obersten Gerichtshofs und sagte drei Sekunden später:

- Schau, Joanna, Offizier Benjamin Franklin Pinkerton ist in einem Land aufgewachsen, in dem die Leute in solchen Fällen nur sagen:

Entschuldigung, es tut mir so leid. Es war ein Witz, ein großer Witz. Auf Wiedersehen mein Dolly.

Geisha Cio-Cio-San ist in einem Land aufgewachsen, in dem Menschen, die sich über heilige Dinge wie Liebe und Ehe lustig machen, sich selbst die Todesstrafe auferlegen.

Joanna freute sich über seine Antwort und verkündete lachend:

- Werner, herzlichen Glückwunsch, Du hast die Prüfung bestanden!

Der Heimweg verlief reibungslos. Ein paar Minuten vor dem Ziel nahm Joanna die Parkkarte aus ihrer Handtasche.

- Parkst du in der Tiefgarage. Meine Wohnung hat zwei Parkplätze, einer ist frei - sagte sie.

- Hast du keine Angst, einen Mann für die Nacht in deine Wohnung einzuladen? Fragte Werner etwas überrascht.

- Werner, ich weiß, dass du mit mir schlafen willst - sagte Joanna fröhlich.

XXIX.

Joanna und Werner stiegen aus dem Mercedes und fuhren mit dem Aufzug in den dritten Stock. Im Korridor der Wohnung warteten bereits zwei Hunde. Sie bemerkten, dass ihre Geliebte sehr zufrieden war und begrüßten den Mann freundlich. Die Haustiere erkannten, dass Joanna heute Abend beschäftigt sein würde und kehrten schnell zu ihren Hundelägern zurück. Joanna gab Werner zwei Kleiderbügel und er zog seinen Smoking aus. Sie ging in die Küche und bereitete Orangensäfte und Flaschen Mineralwasser zu. Werner betrat die Küche nur mit Boxershorts. Joanna gab ihm ein Glas Saft.

- Bitte. Prost - sie hob einen Toast.

Werner küsste Joanna und zog ihr Kleid aus. Joanna trug nur einen schwarzen Büstenhalter und ein schwarzes Höschen. Mit ihren schwarz hervorgehobenen Nägeln sah sie sehr attraktiv aus. Ihre Brüste waren mit Silikonkissen akzentuiert und sahen sehr verführerisch aus. Beide wollten keine Zeit verlieren und Joanna zeigte ihm den Weg ins Badezimmer.

Joanna verließ zuerst das Badezimmer und legte sich auf das Bett im Schlafzimmer. Sie nahm die rechte Seite des Bettes. Nach kurzer Zeit kam Werner. Es wurde in ein großes Badetuch gewickelt. Joanna lud ihn einladend zu einem Platz in der Mitte des Bettes ein. Werner legte sich auf den Rücken. Joanna setzte sich auf seine Schenkel und bedeckte seine Brüste mit beiden Händen. Die Spannung stieg.

- Werner, weißt du was der Koran über Frauen sagt? - sie fragte.

Werner war aufgeregt, konnte kein Wort bekommen, also schüttelte er den Kopf.

Eure Weiber sind euch ein Acker.

Gehet zu eurem Acker,

von wannen ihr wollt;

aber schicket (etwas) zuvor für eure Seelen.[26]

- Werner, willst du, dass ich ein Feld für dich werde, und du wirst mich pflegen, gießen und düngen? - sie fuhr fort.

- Ja, Joanna. Ich will es von ganzem Herzen, bestätigte er.

---

[26] [Koran 2:223] [VLW 4.]

- Also bin ich deine Rose. - Sie zitierte einen Auszug aus "Der Kleine Prinz" von Antoine de Saint-Exupéry.

Du bist ewig für das verantwortlich, was du dir vertraut gemacht hast. Du bist für deine Rose verantwortlich.[27]

Joanna nahm die Hände von der Brust und Werner sah ihre schönen Brustwarzen. Die Frau nahm seinen Penis in beide Hände und begann ihn zu massieren. Die Schwellung des Penis nahm zu und der Phallus wurde sehr schnell steif. Joanna trat näher und ließ das Mitglied tief in die Vagina eindringen. Sie beugte sich näher und Werner begann ihre Brüste zu massieren.

- Lass uns die Position wechseln - fragte Werner nach einem Moment.

Sie setzten den sexuellen Akt in der klassischen Position fort.

Sie waren beide erregt und hatten einen starken Orgasmus. Dann gingen sie wieder ins Badezimmer und erfrischten sich. Joanna zog ein kurzes Schlafhemd an und Werner zog Boxershorts an. Sie betraten die Küche für einen Moment, um ihren Durst mit alkoholfreien Getränken zu stillen.

---

[27] [VLW 3.]

XXX.

Am nächsten Tag, Samstag, stand Joanna um sieben auf. Sie sah aus dem Fenster. Es war ein frostiger, sonniger Wintertag. Joanna holte frische weiße Unterwäsche aus dem Schrank: ein weißes Langarm-T-Shirt, schwarze Jeans, dicke weiße Socken und von ONLY einen gelben Pullover mit Raglanärmeln und einem einzigen runden Ausschnitt.

Sie ging ins Badezimmer, duschte, rasierte sich die Beine mit einem Rasierer wie jeden Samstag. Sie verbesserte auch die Haare im Schambereich. Nach dem Baden zog sie sich an und trank eine große Tasse weißen Kaffee. Ihre beiden Hunde warteten bereits auf sie. Sie aßen trockenes Essen und tranken Wasser. Joanna trägt schwarze Tamaris-Stiefel und eine knallrote Navahoo-Winterjacke "Yuki2". Sie zog eine schwarze Wollmütze und Handschuhe an.

Draußen war es kalt, aber schön. Es hatte seit ein paar Tagen nicht mehr geschneit, daher war der Bürgersteig schwarz. Im Park rannten Hunde im Schnee. Joanna ging und beobachtete die Natur. Sie dachte an ihre Beziehung zu Werner. Die ist gut. Aber viele Dinge sehen zuerst gut aus, und wenn dann alltägliche Probleme oder unterschiedliche Meinungen auftauchen, fallen viele Ehen oder Paare auseinander.

Joanna kehrte in die Wohnung zurück. Werner schlief noch. Die Frau zog Jacke und Schuhe aus. In der Wohnung war es warm, also zog sie dicke Socken aus. Sie zog die leuchtend roten Gabor-Schuhe an. Sie bereitete hart gekochte Eier zum Frühstück zu.

Werner betrat die Küche mit einem T-Shirt und Boxershorts. Die Hunde näherten sich ihm und winkten freundlich mit dem Schwanz. Die Haustiere hatten das Gefühl, dass der Besucher ihre Göttin in der Nacht zuvor glücklich gemacht hatte. Sie hofften, bald Freunde zu werden.

Werner setzte sich an den Tisch. Joanna ging zu ihm und küsste ihn.

- Guten Morgen, mein Herr.

- Joanna, sag es mir bitte. Du zitierst oft den Koran, aber du erweckst nicht den Eindruck, dass du eine religiöse Person bist, die oft in eine Moschee oder Kirche geht. Wer genau bist du? Eine Gläubiger oder eine Ungläubiger? - Er hat gefragt.

Joanna nahm einen Schluck von ihrem Kaffee.

- Der Heilige Koran ist das Gemeinwohl aller Menschen. Das Buch ist das Wort Gottes, das vom Propheten und Gesandten für alle veröffentlicht wurde. Wir sind alle Geschöpfe Gottes. Aus diesem Grund hat jeder das Recht, den Koran zu lesen, zu zitieren und für gute Zwecke zu verwenden - erklärte sie.

- Mein Glaube ist mein persönlicher Kontakt mit Gott. Muslime müssen fünfmal am Tag beten, aber ich werde mehr als fünfmal aus freien Stücken beten und zu Gott sprechen. Für mich ist Gott der Schöpfer der Welt, der Sonne, der Erde und anderer Planeten, Tag und Nacht, Regen, aller Pflanzen, aller Tiere und aller Menschen.

Gott ist der eigentliche Eigentümer allen Besitzes, und der Mensch verwaltet dies nur treuhänderisch.[28]

Ihm gehört alles, was im Himmel

und auf der Erde ist.[29]

Dies ist sehr wichtig, und es spielt keine Rolle, ob wir als Gläubiger oder Ungläubiger die Natur respektieren müssen, die nach Gottes Prinzipien geschaffen wurde. Wir dürfen keine Wälder sinnlos verbrennen, Flüsse vergiften, Müll in die Ozeane werfen. Wir müssen Natur und Leben schützen. Gott hat Liebe und Barmherzigkeit zwischen Menschen gelegt, besonders

---

[28] [VLW 6.]
[29] [Koran 2:225] [VLW 1.]

zwischen Frauen und Männern. Das müssen wir nur respektieren.

- Es ist sehr klug, aber leider funktioniert die Welt nicht so gut - bemerkte er.

Nach dem Frühstück zog Werner seinen Smoking wieder an.

- Jetzt gehe ich nach Hause, ziehe mich um und nehme ein paar Dinge mit. Ich würde gerne das ganze Wochenende mit dir verbringen.

- Es ist eine gute Idee. Hier hast du zwei Listen. Eine mit Sachen, welche du mitbringen solltest.

Werner guckte, es stand: Slipper, Unterwäsche, Hemden, Anzug, Sporthose usw.

- Und die zweite Liste, das sind Einkäufe, welche du auf deinem Rückweg tätigen solltest.

- Ich sehe, du habest alles geplant - sagte Werner lachend.

Joanna paraphrasierte einen Auszug aus Antoine de Saint-Exupérys Buch:

- Du bist mein Prinz, ich bin für dich verantwortlich.

XXXI.

Joanna und Werner verbrachten immer mehr Zeit miteinander. Werner schlief jedes Wochenende und sehr oft an Wochentagen mit Joanna. Er hatte sich bereits mit ihren Hunden angefreundet, deshalb ging er oft mit ihnen spazieren. Es war Mitte Februar. Das Ende des Winters rückte näher.

- Ich wollte dich meiner Mutter vorstellen. Was denkst du darüber? - er fragte Joanna während des Mittagessens.

Joanna war überrascht, dachte aber, wenn sich die Beziehung entwickeln würde, müsste es eines Tages passieren.

- Okay, Werner, bitte. Hast du bereits einen Termin vereinbart?

- Nein, ich rufe sie heute an und vereinbare einen Termin mit ihr für Sonntag.

Mutter lud beide am ersten Sonntag im März ein. Es war kein schöner Tag. Es war grau, es schneite und regnete, es war feucht, die Temperatur lag leicht über null Grad.

Joanna trug das gleiche Kleid wie in der Oper, schwarze Högl-Pumps und beige Strumpfhosen. Sie malte ihre Nägel dunkelblau. Sie strich sich die Haare zurück. Sie trug kleine kreisförmige Ringe an den Ohren und ihren Lieblingsdiamantenring an der linken Hand.

Sie kamen pünktlich um zehn an.

Werners Mutter war seit vier Jahren Witwe. Sein Vater war Richter am Landgericht Düsseldorf. Werner hat auch eine vierzigjährige Schwester, die als Kardiologin arbeitet, und einen Bruder, einen Maschinenbauingenieur.

Die alte Dame lud Gäste ins Wohnzimmer ein.

- Hallo Joanna. Ich habe gehört, Du arbeitest mit Werner in seinem Büro, sagte sie.

- Ja. Ich bin verantwortlich für administrative und HR-Angelegenheiten.

- Wo hast du vorher gearbeitet? Werners Mutter fuhr fort.

- Ich war selbstständig. Zwölf Jahre lang arbeitete ich als Prostituierte und Masseuse - gab Joanna ehrlich zu.

Mutter akzeptierte es intelligent ohne Kommentar.

- Joanna, ich lade dich ein, ich zeige dir unser Haus - die alte Dame hat das Thema gewechselt.

Das Wohnzimmer war altmodisch eingerichtet. Klaviermusik wurde von Wolfgang Amadeus Mozart gespielt[30]. Werners Vater mochte klassische Musik und er hatte auch ein hochwertiges Bose-Musiksystem. An der längsten Wand über einem niedrigen Schrank befanden sich drei hochwertige Kopien von Kunstwerken. Werners Mutter erklärte Joanna, dass ihr Mann diese Sammlung "Die drei Frauen" nannte.

- Sie waren nicht eifersüchtig auf einen so schönen Wettbewerb? Fragte Joanna.

- Natürlich würde ich, aber ich dachte, ich wäre immer der Erste, und es war egal, dass mein Mann mit vier Frauen glücklich war - Werners Mutter nickte zustimmend.

Links war die erste Leinwand Parmigianinos Gemälde "Madonna mit langem Hals"[31]. Die schönen weiblichen Formen der Madonna werden durch transparente feuchte Kleidung betont. Das Foto ist sehr beeindruckend und zeigt die Schönheit der Mutterschaft.

In der Mitte stand ein Gemälde von Rembrandt, "Das Mädchen im Bilderrahmen"[32]. Das Bild ist in einem dunkelbraunen Ton, nur das Gesicht des jungen Mädchens ist hell. Ein weiterer Titel dieses Gemäldes

---

[30] [VM 8.]
[31] [VG 3.]
[32] [VG 2.]

ist "Jüdische Braut". Es zeigt ein Mädchen im Jugendalter, das mit Hoffnung in die Zukunft blickt.

Rechts das berühmte Ölgemälde von Leonardo da Vinci: "Porträt einer Dame mit einem Hermelin"[33]. Das Gemälde zeigt Cecylia Gallerani, die Geliebte von Prinz Ludovico Sforza. Die alte Dame erklärte, dass ihr Mann dieses Werk als das schönste Gemälde von Leonardo da Vinci betrachtete und die berühmte "Mona Lisa"[34] an zweiter Stelle platzierte.

Werners Mutter lebte allein, hatte aber die Hilfe eins nahen gelegenen Ehepaars, um ihre Einkäufe zu erledigen und Mahlzeiten für sie zuzubereiten.

Zuerst servierte sie Kaffee und Käsekuchen. Der Nachbar brachte Erfrischungen in altes Porzellangeschirr. Werner ging in die Küche und half bei der Zubereitung des Mittagessens.

Joanna setzte sich mit parallelen Beinen in den breiten alten Sessel. Ihr Kleid zeigte ihre Knie schön.

- Werner hat mir nicht viel erzählt, aber er sagte, du hast sehr gute organisatorische Fähigkeiten. Ist es wahr? - die alte Dame fragte.

---

[33] [VG 4.]
[34] [VG 4.]

- Ja, das liegt zum Teil an meiner Erfahrung. Ich habe auch einen guten Kurs für Büroassistenten absolviert - gab Joanna zu.

- Und wie entwickelt sich deine Beziehung zu Werner? Kann ich fragen?

Joanna bringt ihren Kopf näher zu ihrer Mutter und sagte lachend:

- Ich denke, alles ist auf dem richtigen Weg. Aber Werner beobachtet mich jetzt und wundert sich immer noch.

- Ich denke es wird okay sein. du machst einen sehr guten Eindruck. Du bist eine schöne, kluge Frau. Ich wünsche dir alles Gute. Mutter lachte zurück.

Auf dem Heimweg war Joanna etwas traurig.

- Werner, ich bin mir nicht sicher, ob es in Ordnung sein wird. Es gibt gut ausgebildete Leute in deiner Familie und ich bin eine einfache Frau, sie wandte sich an Werner.

- Joanna, beleidige mich oder meine Familie nicht. Ich glaube nicht, dass meine Mutter dich jemals beleidigen würde. Das Wichtigste ist, was du über mich und die Beziehung zwischen uns denkst. Für mich bist du eine perfekte, intelligente Frau. Also rede bitte nicht mehr so mit mir.

- Okay, ich bin froh, deine Meinung zu hören. Das Thema ist geschlossen - sie war froh.

XXXII.

Neun Monaten später, Ende November setzte sich Werner zum Mittagessen mit Joanna zusammen.

- Der Winter kommt bald. Dieses Jahr sollte es mit Schnee und Minustemperaturen sein. Joanna, möchtest du mit mir Skifahren gehen? - Er hat gefragt.

- Ich würde gerne, aber ich bin schon lange nicht mehr Ski gefahren. Als Kind ging ich mit meinen Freunden von der Schule ins Winterlager. Aber ich habe seitdem nicht mehr trainiert.

- Kein Problem, ich helfe dir, ich fahre gerne Ski.

- Hast du an einen Ort gedacht oder ist der Fall noch offen?

- Joanna, ich habe keine Zeit, einen Urlaub zu organisieren. Du bist der perfekte Organisator. Kannst du etwas vorbereiten? - er hat gefragt.

- Ja, würde ich - stimmte sie, ohne zu zögern zu.

Drei Tage später hatte Joanna einen detaillierten Plan für ihre Winterferien. Diesmal bot sie einen Flug nach Polen, nach Zakopane und in die Umgebung an. Das beliebteste Skigebiet in der Nähe von Zakopane ist Białka Tatrzańska. Es gibt ein sehr komfortables Hotel "Bania" Thermal & Ski mit einem großen Komplex von Innen- und Außenpools und einer Saunazone. Das Skigebiet mit drei Gipfeln befindet sich in der Nähe des Hotels: *Kaniówka, Jan Kulakowski* und *Kotelnica*. Insgesamt gibt es in diesem Gebiet fast 20 Skipisten mit unterschiedlichen Schwierigkeitsgraden.

- Wir fliegen am Freitag um 8:40 Uhr von Dortmund nach Katowice mit WizzAir, Flugnummer W1692. Wir werden um zehn Uhr zwanzig in Katowice-Pyrzowice sein. Ich habe bereits ein Auto bei der Hertz-Vermietung am Flughafen, Ford oder Opel gebucht. Wir müssen ungefähr zweihundert Kilometer vom Flughafen nach Białka Tatrzańska fahren. Ein Teil der Strecke verläuft entlang der Autobahn, ein Teil auf der Schnellstraße, der Rest ist eine Landstraße. Wir brauchen maximal vier Stunden - berichtete Joanna.

- Wir bleiben zwei Wochen dort. Am Donnerstag um 15.50 Uhr kehren wir von Katowice mit der Flugnummer W1697 nach Dortmund zurück. Wir sind um halb sechs da. Während der Ferien steht unser Auto auf einem kleinen privaten Parkplatz. Wir werden mit einem speziellen Bus vom Parkplatz zum Flughafen gebracht.

- Joanna, es sieht perfekt aus. Aber haltest du einen Skiurlaub in Polen für eine wirklich gute Idee? Werner bezweifelte.

- Ich glaube schon. Polen hat sich sehr verändert und die Bewertungen im Internet sind ausgezeichnet - bestätigte sie.

Joanna hatte zwei Listen vorbereitet: eine für Werner und eine für sich. Sie listete auf, was noch fehlt und was gekauft werden muss. Werner brauchte einen neuen Helm, eine Skijacke mit Skihose und funktionelle Unterwäsche. Joanna schrieb auch ein neues Parfüm und wärmende Socken auf.

Die Liste der Dinge für sie umfasste einen Helm, Skibekleidung, funktionelle Unterwäsche, Pullover und eine Skibrille. Sie brauchte auch ein neues Rezept für Antibabypillen.

- Es sieht perfekt aus. Bitte buchst du das Hotel, den Flug und das Auto. All das kannst du mit meiner Kreditkarte bezahlen - sagte Werner.

Am Donnerstag vor dem Flug, kurz nach der Arbeit, kam Werner mit einem Koffer zu Joanna. Joanna war bereits vorbereitet. Sie überprüfte alles und wollte nach dem Abendessen ins Bett gehen. Sie erzählte Werner, dass sie vor der Reise immer etwas besorgt war und mit ihm ins Bett gehen wollte, aber ohne Sex zu haben. Am nächsten Morgen standen sie früh auf, da sie gegen halb sieben am Flughafen ankommen mussten. Also mussten sie um sechs Uhr auf den Parkplatz sein. Alles lief gut und der Flug war angenehm und kurz. Sie machten eine kurze Pause in einem Restaurant an der Autobahn. Sie aßen beide lokale Suppe. Das Hotel war großartig. Brandneues Gebäude im lokalen Baustil mit eleganten Zimmern, die direkt mit dem Pool und der Sauna verbunden sind. Es gab einen Ort in der Nähe, an dem Skier und andere Ausrüstung gemietet werden konnten, und auch ein kleines Restaurant.

Joanna und Werner tranken einen Kaffee im Hotel und gingen in eine nahe gelegene Stadt. Białka Tatrzańska ist eigentlich ein Dorf, das vom Tourismus lebt. Zahlreiche kleine Läden mit lokalen Lebensmitteln und Kleidung sowie mehrere Restaurants und Pubs, die als Karczma (auch Karcma) bezeichnet werden. Sie betraten eine aus Holzbalken. Sie aßen traditionelle Sauerkrautsuppe (kwaśnica) und Lammfleisch mit lokalen Knödeln, tranken schwarzen Tee mit Zitrone und Mineralwasser.

Nach der Reise wollte Joanna schnell zum Hotel zurückkehren. Sie waren beide etwas müde. Sie hatten Tee in ihrem Zimmer getrunken und gingen beide ins Bad. Sie waren sehr glücklich und begannen bereits im Badezimmer mit dem Vorspiel. Aufgrund der durch die Pille verursachten hormonellen Veränderung war die Vaginalschleimhaut trocken. Aus diesem Grund stellte

Joanna einen speziellen Applikator mit einer Feuchtigkeitscreme vor.

Zuerst gab Werner Joanna eine Bein- und Rückenmassage, aber die Frau drehte sich schnell um und begann Sex zu haben. Der Verkehr war kurz, aber intensiv.

Dann zog Joanna einen Baumwollpyjama an. Sie schluckte eine Antibabypille mit etwas Wasser. Sie schlief schnell ein. Werner zog auch seinen Schlafanzug an und suchte auf dem Tablet nach Informationen über das Urlaubsziel. Er bemerkte, dass es hier viele Skigebiete gibt, nicht nur in der Nähe des Hotels, sondern auch in Zakopane, etwa 12 Kilometer entfernt. Es ist die Winterhauptstadt Polens. Zakopane liegt am Fuße der Tatra, einem Teil der Karpaten. Hier befinden sich die höchsten Berge Polens.

Am nächsten Tag wachten beide um sieben auf und gingen nach dem Bad zum Frühstück. Zuerst zog Joanna Unterwäsche, Jogginghose und ein T-Shirt an. Sie ging mit Werner in silbernen Pantoffeln. Das Frühstück war sehr gut. Eine große Auswahl an lokalen Produkten, Hüttenkäse, Käse, Würstchen, Spiegeleiern oder traditionellen Rühreiern sowie verschiedene Arten von Brot, Brötchen und Apfelsaft. Sie tranken auch einen großen Kaffee mit Milch. Sie zogen typische Skikleidung im Zimmer an und gingen zum Skiverleih.

Sie kauften einen Skipass für fünf Tage. Das Wetter war schön, minus vier Grad Celsius, Sonne, fast kein Wind. Alle Aufzüge waren geöffnet. Der Rundfunksender RMF FM kam aus dem Lautsprecher. Sie waren sehr glücklich. Joanna fand schnell ihren eigenen Rhythmus zum Skifahren. Werner war ein erfahrener Sportler. Zwei Stunden später machten beide eine Mittagspause in einem kleinen Gasthaus auf halber Höhe des Abhangs. Sie waren mit dem lokalen Essen sowie dem Kaffee und Käsekuchen zufrieden. Sechs Stunden später kehrten sie in ihr Hotelzimmer zurück.

Sie gingen duschen. Werner begann die Massage und wollte etwas mehr.

- Warte bis heute Abend - sagte Joanna.

Sie machten eine kurze Pause. Joanna las ein Buch über tolino, Werner durchsuchte die Informationen im Internet. Er überprüfte auch E-Mails und Nachrichten aus der Welt. Am Nachmittag gingen sie zum Schwimmbad. Sie kauften ein Ticket für alle Bereiche und begannen mit der Sauna. In der Sauna gilt die Regel, dass jeder diesen Bereich nur nackt besuchen darf. Für keinen von ihnen war es ein Problem. Joanna ließ ihren Bikini und Werner ließ ihre Badehose in der Umkleidekabine. Sie besuchten alle Arten von Saunen und Whirlpools. Dann betraten sie den Pool für eine Weile. Werner war ein guter Schwimmer. Er glaubte nicht, dass es so einen großartigen Pool im Hotel geben würde und nahm keine Schwimmbrille mit. Er hatte vor, neue in einem Sportgeschäft zu kaufen. Joanna hatte eine Überraschung für ihn zum Abendessen. Sie trug das schwarze Maxikleid, das sie bereits auf Rhodos trug. Diese Kreation machte damals einen sehr guten Eindruck auf Aleksander und Joanna wollte herausfinden, ob Werner diesen Stil auch mochte. Werner war begeistert. Sie bedeckte ihre Fingernägel und Zehennägel mit schwarzem Lack. Ihre Lippen waren rot gestrichen und ihre Augen braun. Joanna sah sehr attraktiv aus. Werner trug zum Abendessen ein elegantes dunkelviolettes Hemd und eine schwarze Hose. Als Mann machte er einen sehr ernsten und attraktiven Eindruck.

- Werner, ich bin sehr glücklich mit dir - sagte Joanna.

- Ich liebe dich auch. Unser Urlaub ist wie ein Traum.

Kurz vor zehn Uhr kehrten sie ins Zimmer zurück.

- Werner, geh zuerst ins Bad - sagte Joanna.

Joanna zog sich fast nackt aus und legte ihre Kleidung und seine Kleidung in den Kleiderschrank. Werner stieg nur in ein Handtuch gewickelt aus der Dusche und ging ins Bett. Dann ging Joanna ins Badezimmer. Sie wollte außergewöhnlich schön sein. Sie benutzte einen Rasierer, um ihre Beine und ihren Schambereich zu korrigieren. Nach dem Duschen befeuchtete sie ihren Körper mit einer Körperlotion. Sie reparierte auch ihr Make-up. Sie trägt ein durchscheinendes weißes "Avidlove-Kleid" des Typs Dessous Kimono, der mit einem Gürtel zusammengebunden ist. In Weiß sah sie aus wie die Schneekönigin. Sie betrat den Raum. Werner starrte sie an, verzaubert von ihrem Anblick.

- Joanna, du siehst perfekt aus. Es fällt mir schwer, es zu glauben!

Joanna nahm die Decke vom Bett und legte sich neben ihn. Werner löste und entfernte den weißen Gürtel von seinem Kimono. Ihr Bauch war freigelegt. Werner küsste Joanna und massierte ihre Brüste, während sie seinen Körper rieb. Werner wollte ihre Füße küssen und wandte sich ab. Joanna küsste seinen Bauch. Sie war glücklich, weil Werner sanft, aber intensiv war.

Der Raum war warm und Joanna und Werner blieben eine Weile nackt. Ihre Körper ruhten. Atmung und Kreislauf stabilisiert. Joanna sprach über Pläne für die nächsten Tage. Sie bot an, für die nächsten zwei Tage Ski zu fahren, und am vierten Tag, zur Mittagszeit, würden sie nach Zakopane fahren. Die Tage waren kurz.

Sie gingen ins Zentrum von Zakopane. Zwischen den alten Geschäften befinden sich auch mehrere moderne

Galerien und zahlreiche Restaurants. Überall lokales Essen und lokale Bands, die in Tavernen spielen. Alles machte einen sehr schönen, freundlichen Eindruck. Joanna und Werner kauften ein Souvenir. In einem kleinen Laden kaufte Joanna eine elegante Tischdecke mit einem gestickten Goralen-Muster namens "parzenica". Dieses Modell ist in Deutschland normalerweise nicht erhältlich.

- Werner, willst du heute Abend Sex oder willst du in Ruhe schlafen gehen? Fragte Joanna rhetorisch auf dem Weg zum Hotel.

- Oh Joanna, natürlich möchte ich heute mit dir schlafen! Wir können morgen über die Pause sprechen.

In den nächsten Tagen werden beide das schöne Wetter, die frische Luft, die Berge und die Landschaft genießen. Joanna hat ihre Skifähigkeiten deutlich verbessert. Die Nachmittagssauna entspannte ihre Muskeln. Am nächsten Tag vereinbarte Joanna einen Termin für eine Maske, Pediküre und Maniküre in einem Schönheitssalon in Zakopane. Das Verfahren sollte 2 Stunden dauern. Werner besuchte damals die Stadt. Er fand einen Juwelier und bat um Diamantringe.

- Zu welchem Anlass sollte der Ring sein? – fragte der Juwelier.

- Ich wollte meiner Herrin vorschlagen.

- Oh ich verstehe. Wie groß ist der Finger der Frau?

Werner war schlau. Er hatte Joannas Ring dabei, den er aus der Schmuckschatulle nahm und zeigte.

- Das ist die Größe, die meine Joanna trägt.

Der Juwelier maß den Ring und gab ihn Werner. Nach einer Weile brachte er einen Gelbgoldring von 750 Goldprobe mit einem kleinen Diamanten in einen Weißgoldkorb. Der Ring war wunderschön.

- Könnten Sie diesem Ring zwei weitere identische Diamanten hinzufügen? Man sollte mich und unsere beiden zukünftigen Kinder symbolisieren, erklärte Werner.

- Sehr gute Idee, aber Sie benötigen eine Vorauszahlung und drei Tage, um die Bestellung abzuschließen - antwortete der Juwelier.

- Wie viel wird es kosten? - fragte Werner.

Der Juwelier nahm einen Taschenrechner und zählte ihn.

- Also ein Ring mit drei Diamanten und Weißgold, ich muss auch das Gelbgold stärken. Das Material und die Arbeit sind insgesamt zweitausendsechshundert Euro. Die Vorauszahlung beträgt sechzig Prozent der Materialkosten.

- Die Arbeiten werden in drei Tagen am Nachmittag beendet sein?

- Ja genau. Eigentlich kann man den Ring am dritten Tag ab 12 Uhr abholen - sagte der Juwelier.

- Ausgezeichnet.

Werner bezahlte mit seiner Kreditkarte sechzehnhundert Euro und der Juwelier stellte eine Quittung aus.

- Wir sehen uns in drei Tagen. Auf Wiedersehen.

- Bis bald.

Werner machte einen kurzen Spaziergang um Zakopane. Die Stadt sah aus wie ein gemütlicher Ort. Tatsächlich war es sein erster Aufenthalt in Polen und er hätte nie gedacht, dass dieses Land eine so attraktive, spezifische Atmosphäre und Kultur hat.

Er traf Joanna wieder vor dem Schönheitssalon. Ihr Gesicht sah großartig aus. Er konnte Hände und Füße nicht beurteilen, dachte aber, dass es eine Überraschung sein würde. Bei seiner Rückkehr bewunderte Werner ihren Körper. Die Füße und Hände sind perfekt gemacht.

- Joanna, ich kann mich heute nicht ausruhen. Du siehst perfekt aus.

- Werner, ich werde dir nicht verbieten, was ich auch wünsche. Ich mache das für dich. Ich möchte, dass du mich begehrst.

XXXIII. Maria – die Mutter Jesu Christi (Isa).

Zu den berühmten Sehenswürdigkeiten in Zakopane steht an erster Stelle das Marienheiligtum Muttergottes von Fatima im Stadtteil "Krzeptówki". Mit Google Maps erreichten sie das Heiligtum problemlos mit dem Auto.

Die Kirche wurde 1987–1992 als Votivgabe nach dem Angriff auf Papst Johannes Paul II. im Stil der Postmoderne unter dem Einfluss des Zakopane-Stils erbaut. Das Innere des Heiligtums ist mit schönen Holzelementen dekoriert. Über dem Altar befindet sich die berühmte Statue der Madonna.[35]

Als Joanna und Werner das Heiligtum verließen, war es bereits kalt und dunkel. Es fing an zu schneien, also wollten beide so schnell wie möglich ins Hotel zurück und dort zu Abend essen.

- Joanna, ich bin sehr aufgeregt über das, was ich hier gesehen habe. Es ist eine Oase der Natur, des Friedens, der Freundschaft und des wahren Glaubens, sagte Werner.

---

[35] [VLW 14.]

- Maria ist ein perfektes Beispiel für den Glauben von Christen, Muslimen und vielen anderen. Die Heilige Jungfrau ist ein Modell weiblicher Frömmigkeit und beispielhafter Mutterschaft. Der Marienkult ist auch im Islam sehr stark. Maria ist die einzige Frau, die im Koran namentlich erwähnt wird. Die neunzehnte Sure ist auch nach ihr benannt.

- Maria ist die Mutter Jesu Christi: (Isa, Masic) der im Koran als Wort Gottes bezeichnet wird, mit dem Geist Gottes gesegnet.

Maria ist die mystische Blume des Islams, die unter der direkten Aufmerksamkeit ihres Herrn aufwuchs.[36]

---

[36] [VLW 5., 13.]

Joanna zitierte eine Passage aus dem Koran:

Da die Engel sprachen,

Oh Maria, siehe Allah hat dich auserwählt

und hat dich gereinigt und hat dich erwählt

von den Weibern aller Welt.[37]

---

[37] [Koran 3:37] [VLW 4.]

XXXIV.

Der Urlaub ging langsam zu Ende. Beide besuchten Zakopane zum letzten Mal. Werner sah den Juwelier an und nahm den Ring, den er bestellt hatte, der perfekt aussah. Er hat die ausstehende Zahlung geleistet und war sehr zufrieden. Joanna kaufte eine Bluse mit Regional-Muster und Lederpantoffeln.

Im Hotel zog sie ein elegantes Maxikleid "Lascana" und schwarze flache Sandalen an. Werner sah in einem weißen Hemd, einer schwarzen Hose und einer schönen schwarzen Fliege sehr elegant aus. Zum Abendessen bestellten sie die lokale saure Suppe (żurek) und einen Piroggen-Mixt als Hauptgericht. Sie nahmen ein Apfelschorle und grünen Tee zum Trinken.

Werner bat den Kellner, kaltes Mineralwasser in Champagnergläsern zu holen. Werner stand von seinem Stuhl auf und fiel vor Joanna auf die Knie. Er holte eine kleine Schachtel mit einem Ring heraus, öffnete sie und fragte:

- Joanna, ich liebe dich. Willst du mich heiraten?

Joanna stand mit Tränen in den Augen auf.

- Natürlich, Werner. Ich liebe dich auch. Ich bin deine Rose. Ich will dich heiraten.

Die Gäste im Restaurant bemerkten, was los war und klopften freundlich auf die Tische.

Joanna und Werner nahmen Champagnergläser mit Mineralwasser und machten einen Toast.

Der Flug nach Deutschland verlief ebenfalls problemlos und pünktlich. Sie kamen beide zu Joannas Wohnung. Sie hatten noch zwei Tage frei.

XXXV.

Nachdem Joanna Werner geheiratet hatte, kündigte sie den Mietvertrag und zog bei Werner ein. Ihre beiden Hunde waren bereits tot, Luca starb im Schlaf, Friedeck wurde vom Tierarzt wegen fortgeschrittenem Krebs eingeschläfert. Das Werner Haus war ein altes Gebäude aus den 1960er Jahren. Veraltete Heizungs- und Elektroinstallationen erforderten Investitionen. Die Architektur des Hauses war auch nicht einzigartig. Aus diesem Grund beschlossen sie, ein neues Haus zu bauen, anstatt das alte zu renovieren. Die Entwicklungspläne der Gemeinde sehen Land für die Entwicklung außerhalb der Stadt vor. Es war im südlichen Teil in der Nähe des Waldes. Den neuen Gebäuden wurden 16 Grundstücke zugewiesen. Einige von ihnen waren groß.

Joanna und Werner besuchten die Gegend und wählten ein großes Stück Land am Waldrand aus. Nach der positiven Entscheidung der Gemeinde begannen sie mit den Vorbereitungen für den Bau. Sie luden einen berühmten Architekten ein und zeigten ihm ihre Pläne.

Nach einem Monat bereitete der Architekt die erste Skizze vor. Er lud Joanna und Werner in sein Architekturbüro ein. Voraussetzung für diesen Bereich war, dass alle Häuser mit Wärmepumpen und

Solaranlagen ausgestattet waren und dass jeder einen Kamin als Sicherheit haben konnte. Der Architekt plante ein schönes, großes Haus. Im Erdgeschoss befinden sich ein großes Wohnzimmer, eine große offene Küche, ein Hauswirtschaftsraum mit Waschmaschine und Trockner sowie ein Platz für einen Staubsauger, Reinigungsmittel und dergleichen. Es sollte auch einen großen Raum im Erdgeschoss als Ankleidezimmer sowie eine Gästetoilette geben. Im Obergeschoss befinden sich ein großes Schlafzimmer für Ehepartner und drei Schlafzimmer für Kinder oder Gäste sowie ein großes Badezimmer mit Badewanne und Dusche. Auf der Südseite sollte ein riesiger Garten angelegt werden, damit die Hauswand mit drei breiten Terrassentüren ausgestattet wird. Joanna und Werner sahen sich die Pläne an.

- Kann ich einige Vorschläge machen? - fragte Joanna.

- Ja, bitte natürlich. Dies ist der Zweck des Treffens - antwortete der Architekt.

- Erstens möchte ich, dass die Toilette im Erdgeschoss groß und so gestaltet ist, dass Menschen mit Behinderungen sie benutzen können. Ich denke, es wäre schön, wenn die Gartenseitenwand einen Bogen hätte. Das Wohnzimmer hätte eine schöne, nicht zu langweilige Form. Ein weiterer Tipp: Ist es möglich, das Haus mit einem Aufzug auszustatten? Es sollte groß genug sein, um einen Rollstuhl mit einer begleitenden Person aufzunehmen.

- Joanna, warum brauchst du einen Aufzug und eine Behindertentoilette? Wir sind jung und gesund - war Werner überrascht.

- Es ist eine gute Idee. Sie bauen das Haus für sich selbst, aber es kann nicht ausgeschlossen werden, dass behinderte Menschen Sie besuchen. Mit dem Personenaufzug können auch Möbel transportiert werden. Sie müssen den Koffer auch nicht die Treppe hinaufziehen. Wenn Sie es sich leisten können, könnte ich hier einen Aufzug aufstellen - sagte der Architekt. Er markierte die entsprechende Stelle am Set.

- Der Zugang zum Aufzug wird von außen und von innen möglich.

Werner nahm diesen Vorschlag an. Auf der Südseite sollte auch eine drei Meter breite Holzterrasse gebaut werden. Joanna gefiel das und sie wollte sich eine FKK-Ecke arrangieren. Vor dem Haus befinden sich drei Garagen, zwei traditionelle und eine für Rasenmäher und andere Gartengeräte. Das Haus sollte aufgrund seiner Lage und der Möglichkeit des Wassersammelns keinen Keller haben. Es gab auch einen großen Parkplatz für zwei Autos vor dem Haus. Im Garten sollten mehrere Wasserhähne und Strom vorhanden sein. Im Zaun sollten Beleuchtungs- und Computernetzwerkkabel installiert werden, um Überwachungskameras zu installieren. Das Dach sollte für einen einfachen Zugang zum Sonnenlicht ausgelegt sein. Die Gemeinde hatte die Idee, dass das Gebiet grüne Energie produzieren würde. Wärmepumpen reduzieren die Kohlendioxidemissionen. Tagsüber, wenn der Verbrauch im Haushalt geringer ist, sollten Solaranlagen das Stromnetz mit Strom versorgen.

Der Architekt und die Ehepartner haben sich die Pläne zum letzten Mal angesehen.

- Oh, wir haben nicht über den Kaminofen gesprochen. Ich wollte es in die Mitte des Wohnzimmers stellen. Es ist wichtig, dass sich keine Strom- oder Wasserleitungen in der Nähe befinden. Der Schornstein sollte auch ordnungsgemäß von den Wänden des Hauses isoliert sein - sagte Joanna.

- Sehr gut, Joanna. Sie können gut Ihr Zuhause planen. - der Architekt war überrascht.

- Ja, das Projekt ist original. Eigentlich kann ich keinen vorgefertigten Entwurf verwenden. Alles muss neu geplant und neu berechnet werden. Die Statik des Hauses muss angemessen sein. Das Design kostet also mehr als das Standarddesign. Sie müssen auch zusätzliche Kosten aufgrund der Wandbögen erwarten.

Werner konnte es sich leisten. Die Kanzlei hat sich gut geschlagen und genug Geld gespart. Sie brauchten keinen Baukredit.

- Wer soll das Haus bauen? Haben Sie eine Firma oder sollte ich selbst danach suchen? - der Architekt fragte.

- Bisher habe ich Kontakt mit der Baufirma "Thomas" aufgenommen. Ich finde diese Firma sehr gut und kenne ihren Chef. Bitte fragen Sie, ob sie ein solches Projekt umsetzen können - sagte Werner.

- Okay, ich werde "Thomas" kontaktieren und Sie wissen lassen - bestätigte der Architekt.

Im folgenden Jahr konnte das Paar ein neues Zuhause beziehen.

XXXVI.

Joanna und Werner wollten so schnell wie möglich ein Baby bekommen. Joanna war fünfunddreißig und konnte keine Zeit verlieren. Sie nahm weiterhin Antibabypillen bis zum Ende ihres Zyklus ein und hörte auf, sie aus dem neuen Menstruationszyklus zu nehmen. Sie beobachtete ihren Körper für die nächsten drei Monate. Ihrer Meinung nach war dieser Tag in der Mitte des Zyklus. Am Nachmittag spürte Joanna eine Anspannung in ihrem linken Unterbauch, die nach einigen Stunden verschwand. Es fühlte sich an wie Eisprung. Auf dem Heimweg erzählte sie Werner davon.

- Ich denke, heute ist ein guter Tag zur Befruchtung.

Werner war hoffnungsvoll und erfreut. Joanna wusste von da an, dass ihr Ei, das in den Trichter des Eileiters gelegt wurde, maximal 24 Stunden Zeit hatte für die Besamung. Aus diesem Grund wollten beide schneller ins Bett gehen.

Nach dem Bad gingen beide ins Schlafzimmer und legten sich hin. Heute wollte Werner Joanna von Kopf bis Fuß streicheln und küssen. Er lag neben seiner Geliebten und küsste ihre Füße. Joanna hingegen massierte seine Füße und Beine. Ihre Körper waren sexuell erregt. Gleichzeitig sendeten die

Vergnügungszentren von Werner und Joanna Impulse an die Genitalien, um das Abfließen von Blut aus den kavernösen Körpern des Penis und der Klitoris zu verhindern. Die sexuelle Spannung nahm zu. Als die Erektion maximal war, wollte Werner die Position wechseln. Joanna nahm ein kleines Kissen und legte sich auf den Bauch. Ihre Genitalien waren höher, damit Werner besser in ihre feuchte Vagina eindringen konnte. Joannas Brüste dämpften ihre Bewegungen. Joannas Spannung stieg. Ihre Klitoris schwoll an und drückte die Öffnung in die Vagina noch fester, als wollte sie den Penis nicht loslassen.

Darum wird ein Mann seinen Vater und seine Mutter verlassen und seinem Weibe anhangen, und sie werden ein Fleisch sein.[38]

Werner massierte sehr sanft ihr Gesäß und ihren Rücken. Die Spannung stieg und erreichte für eine Weile ihren Höhepunkt. Plötzlich zogen sich Werners Samenbläschen und die Prostata zusammen, und viel Samenflüssigkeit spritzte durch den Ejakulationskanal und die Harnröhre in die Vagina. Zur gleichen Zeit hatte Joanna einen Orgasmus. Ihr Gebärmutterhals wurde geöffnet und Sperma konnte in sie fließen. Die Ejakulation kam auch von den Vaginaldrüsen. Die

---

[38] [Die Bibel, Das erste Buch Mose (Genesis) 2:24]
[VLW 7.]

sexuelle Spannung der Ehepartner ließ nach. Werner lag neben ihr. Zunächst wollte Joanna ihre Position nicht ändern, um den Verlust ihres Ejakulats zu verhindern.

Werner ging ins Badezimmer und erfrischte sich. Er brachte zwei Gläser Orangensaft aus der Küche. Werner reichte Joanna einen Pyjama. Der Sex war so intensiv, dass Werner schnell einschlief. Joanna war schon auf dem Rücken und dachte an das Sperma. Sie wollte, dass es das Ei erreichte und es befruchtete. Von den Millionen Spermien im Ejakulat konnten nur wenige die Eizelle erreichen, aber nur eine konnte die Membran durchdringen. Das männliche Erbgut wurde mit dem Erbgut des Eies kombiniert. Die Befruchtung fand statt.

Ein neues Leben ist entstanden. In diesem Moment schlief der Vater, schlief die Mutter, nur Gott beobachtete.

Er kennt weder Schlummer noch Schlaf.[39]

Die befruchtete Zygote begann sich zu teilen und war auf dem Weg zur Gebärmutter. Nach fünf Tagen teilte sie sich weiter, um sich auf der

---

[39] [Koran 2:255] [VLW 1.]

Gebärmutterschleimhaut niederzulassen. Es dauert ungefähr drei Tage, bis sich die Zygote einzunisten hat.

Nach vierzehn Tagen hatte Joanna keine Perioden mehr. Sie hoffte, schwanger zu sein. Sie kaufte sofort einen Schwangerschaftstest. Das Ergebnis war positiv.

Werner war sehr glücklich und beide teilten die guten Nachrichten mit ihren Familien.

XXXVII.

Es war Mitte September, früher Herbst. Der Sommer schäkerte mit dem Herbst, als würde er nicht verschwinden. Am Morgen war es feucht und kalt, manchmal neblig. In den Windböen wirbelten Staubwolken mit Blättern und kleinen Zweigen in der Luft.

Marlene kam um acht zur Arbeit. Sie sollte mit Werner nach Hannover fahren. Am nächsten Morgen würden sie vor dem Amtsgericht erscheinen und einen großen Mandanten vertreten. Marlene trug Jeans und weiße Tommy Hilfiger-Sneaker, wahrscheinlich zum letzten Mal in diesem Jahr mit nackten Knöcheln. Sie trug eine rote Bluse und eine Jeansjacke. Sie machte ein leichtes Make-up und malte ihre Nägel mit weißem Perlenlack. Sie band ihr kupferrotes Haar mit einem schmalen schwarzen Band zusammen.

Als sie das Büro betrat, waren Werner und Joanna bereits da. Joanna bereitete Milchkaffee und einen Donut für alle zu. Werner hatte einen mittelgroßen schwarzen Koffer und eine elegante Aktentasche aus Leder mit Dokumenten und einem Laptop. Marlene nahm den blauen Koffer mit.

Werner überprüfte alle Dokumente und ging mit Marlene zum Parkplatz. Zuvor hatte er Joanna hart geküsst.

Dann fuhren sie mit dem Auto nach Köln. Sie hatten Sitzplätze im ICE-Zug 557 nach Hannover reserviert. Die Abfahrt von Köln Hbf ist für zehn Uhr achtundvierzig geplant. Das Hotel in Hannover war zentral gelegen, in der Nähe des Amtsgerichts. Sie checkten gegen 16 Uhr ein und gingen zu einer kleinen Bar im Erdgeschoss. Beide bestellten Kaffee und alkoholfreie Getränke.

- Wir gehen direkt auf die Zimmer und treffen uns um 19 Uhr im Hotelrestaurant zum Abendessen - sagte Werner.

Werner packte den Koffer im Zimmer aus. Sein Anzug und seine Anwaltsrobe waren in gutem Zustand. Er hängte seine Kleidung vorsichtig in den Schrank. Er stellte den Timer auf eine Stunde und döste ein. Pünktlich um 19 Uhr tauchten beide im Restaurant auf. Marlene trug eine leuchtend gelbe Heine-Bluse und einen roten Midi-Rock von Guido Maria Kretschmer. Sie zog die orangefarbenen Tamaris-Hausschuhe an. Ihre Zehen waren hellrot lackiert. Das Restaurant befand sich in der obersten Etage des Hotels. Sie nahmen ihren Platz im östlichen Teil ein. Marlene bestellte ein Rindersteak mit Kartoffeln und eine Reihe von Salaten, für eine Beilage Tomatensuppe mit Reis und Sauerrahm. Werner bat um eine traditionelle Brühe mit Vermicelli-Nudeln und für das Hauptgericht um Schweinemedaillons mit Püree und gebratenem Sauerkraut. Er aß auch eine kleine Portion Salate.

Werner erklärte dem Mädchen, dass er und Joanna keinen Alkohol trinken.

- Ich mag auch keinen Alkohol. Ich bin froh, wenn du das tust, müsste ich mich weigern, sagte Marlene.

Am nächsten Tag sollten sie um zwölf Uhr vor dem Gericht erscheinen. Beim Abendessen wies Werner darauf hin, dass Marlene alle wichtigen Punkte während des Prozesses aufschreiben sollte, insbesondere Streitpunkte. Sie nahmen auch das Diktiergerät mit, falls seine Verwendung erlaubt wird. Nach dem Hauptgericht machten sie eine kurze Pause und bestellten dann ein Obstdessert.

Marlene sah gut aus, aber sie hatte ein leichtes Unbehagen im Gesicht. Werner wusste nicht, was los war und fragte sich, ob er das Mädchen danach fragen sollte. Er entschuldigte sich und ging in der Toilette. Als er zurückkam, bestellte Marlene zwei Apfelsäfte.

- Marlene, geht es dir gut? Du siehst traurig aus - er drehte sich zu dem Mädchen um.

Die Wahrheit ist besser als eine Lüge. Ich sage die Wahrheit, dachte Marlene.

- Ich will mit dir ins Bett gehen. Ich mag Sex und ich brauche ihn. Ich bin seit mehreren Monaten allein, kann mich nicht konzentrieren und habe schwere Schlafprobleme. Ich vertraue dir und deshalb spreche ich offen - sie gestand.

Werner war ein bisschen schockiert, aber als Anwalt hatte er alle möglichen Dinge gehört, so dass er nicht völlig überrascht war.

- Nun, Marlene, du bist eine sehr hübsche junge Frau und ich bin acht Jahre älter als du. Ich weiß nicht, ob es funktionieren wird, ob ich dich sexuell befriedigen kann - sagte er nach einem Moment.

- Oh, Werner - antwortete Marlene kokett.

- Du bist ein gutaussehender Mann, intelligent und ich kenne dich. Ich weiß wer du bist, was du tust. Ich möchte keinen Sex mit einem zufälligen Mann haben. Aber ich hoffe, das ist eine vorübergehende Situation. Ich möchte deine Ehe nicht ruinieren oder irgendeine emotionale Verbindung haben. Dies ist der Gefallen eines Freundes. du weißt, was los ist. Ich möchte es nicht weiter erklären. Sag mir einfach deine Entscheidung.

Werner hatte auch etwas Saft getrunken und wollte die Situation als einfühlsamer Anwalt betrachten. Er dachte, wenn die Situation anders wäre und er ohne Sex Single wäre, hätte er sie wahrscheinlich ohne große Schwierigkeiten um einen solchen Gefallen gebeten und würde ihre Entscheidung akzeptieren.

Frauen haben das gleiche Gefühlsleben und die gleichen sexuellen Bedürfnisse. Gleichzeitig fühlte er sich geehrt, dass eine schöne junge Frau ihn um solche Hilfe bat. Werner füllte ihre Gläser nach und sie rösteten.

- Okay, Marlene, ich gehe mit dir ins Bett. Ich muss dir nur eins sagen - sagte er.

- Ja, bitte, kein Problem.

- Ich mag keine Kondome. Kondome machen mich unwohl, verursachen Druck, verringern die Durchblutung meines Penis und ich kann einfach keinen Sex mit Kondomen haben.

- Alles klar, ich verstehe. Ich habe keine Infektionskrankheiten wie HIV und Hepatitis. Ich habe eine IUP-Hormonspirale als Verhütungsmittel implantiert. Kümmere dich nicht darum. Ich hatte mehrere Jahre Sex mit meinem Ex-Freund und bin nicht schwanger geworden - erklärte sie.

- Wenn wir mit dem Abendessen fertig sind, gehe ich für einen Moment in mein Zimmer und treffe dich um 21 Uhr - entschied er.

Marlene war sehr glücklich.

Als Werner den Raum betrat, rief er Joanna an und gab kurz bekannt, dass die Reise erfolgreich war, der Zug nicht verspätet war und das Hotel typische Fünf-Sterne-Standards hatte. Sie haben gerade zu Abend gegessen und er möchte früh ins Bett gehen, weil sie am nächsten Morgen vor Gericht sein müssen. Er duschte nur und zog sich frisch an. Er benutzte das Parfüm "Mont Blanc".

Marlene duschte ebenfalls und rieb sich Brust und Beine mit Körperlotion. Die Hormonspirale machte ihre Genitalschleimhaut etwas trocken. Aus diesem Grund führte sie mit einem speziellen Applikator die Vagisan-Feuchtigkeitscreme in die Vagina ein. Sie trägt einen kurzen, durchscheinenden schwarzen Dessous-Kimono mit kleinen transparenten Riemen. Ihr Körper war enthaart, nur ihr Schamhaar bildete ein kleines Dreieck. Kurz vor 21 Uhr besprühte sie ihren Körper mit Prada-Parfüm.

Werner war pünktlich. Als er den Raum betrat, öffnete er überrascht den Mund und sagte einfach:

- Wow, ist das nicht zu viel für einen Tag? So viele Abenteuer?

Marlene lachte und fragte, ob sie ihm etwas zu trinken anbieten könne.

- Ja, bitte ein Glas Mineralwasser - antwortete er.

Werner zog Hemd, Hose, Schuhe und Socken aus und beide saßen auf der Bettkante. Marlene bemerkte, dass Werner auch seinen Körper rasiert hatte.

- Epilierst du immer? - - sie fragte.

- Ja, seit ich Joanna getroffen habe. Sie hat mir geraten, es regelmäßig zu machen, und ich finde es sehr gut.

Marlene lockerte den Riemen ihrer Unterwäsche, um ihren Brüsten mehr Freiheit zu geben. Werner schlang einen Arm um ihren Körper und berührte ihre Brust mit dem anderen. Marlene zog ihren Kimono aus und kletterte auf die Mitte des Bettes. Sie nahm eine Position auf der rechten Seite ein, wie die Göttin in Giorgione und Tizians berühmtes Gemälde "Schlafende Venus"[40].

Ihr Oberkörper und ihr Kopf lagen auf einem Kissen. Sie legte ihre rechte Hand hinter den Kopf. Diese Haltung spannte die Muskeln in ihrer Brust an und ließ

---

[40] [VG 1.]

ihre Brüste anregend aussehen. Sie schwang ihr rechtes Bein um neunzig Grad zurück. Das verlängerte linke Bein kreuzte sich unten mit dem rechten Bein. Werner zog seine Boxer aus und küsste ihre Knie und Schenkel. Er massierte ihren linken Fuß mit seiner rechten Hand. Er küsste ihre Beine und ging auf ihren Bauch zu. Das Mädchen streckte beide Beine aus und Werner zog ihren Tanga aus. Werner küsste ihren Hals und ihre Lippen. Der sexuelle Akt war für beide sehr angenehm. Die Frau war sehr glücklich.

Werner brachte zwei Gläser Wasser ins Bett. Sie küssten sich immer noch.

Gegen zehn Uhr sagte Werner:

- Kann ich heute bei dir bleiben? Ich bin erschöpft.

- Natürlich ist es eigentlich ein Doppelzimmer. Wir können hier zusammen schlafen.

Sie schliefen beide ohne Schlafanzug ein. Am nächsten Tag würden sie um halb neun zum Frühstück kommen und dann alles packen. Sie wollten das Hotel um zehn verlassen. Werner stellte den Wecker auf sechs Uhr morgens.

Am nächsten Tag ging er kurz auf die Toilette und erfrischte sich. Als er wieder ins Bett ging, schlief Marlene noch. Er gab ihr eine leichte Massage und küsste sie zurück. Gleichzeitig berührte er ihre Brustwarzen mit seinen Händen. Das Mädchen, das noch schlief, drehte sich im Bett um und ihre Brüste rutschten unter der Decke hervor. Er küsste sie immer noch sanft. Das Mädchen wachte auf und erkannte, dass Werner noch eine kurze Runde wollte. Sie dachte, wenn sich eine solche Gelegenheit ergab und sie nicht wusste, wann die nächste kommen würde, würde sie diese nutzen.

Um zehn Uhr checkten sie aus dem Hotel aus und ließen ihre Koffer im Tresorraum. Sie nahmen nur das Wichtigste und gingen zum Amtsgericht. Marlene trug eine schwarze Jacke mit Hosen, schwarzen Mokassins und schwarzen Socken. Werner trug auch einen formellen schwarzen Anzug, ein weißes Hemd und eine Toga.

Der Prozess begann pünktlich um zwölf und war sehr intensiv. Das Verfahren dauerte etwa drei Stunden. Das Gericht akzeptierte fast alle Argumente von Werner, aber die Gegenpartei wollte zusätzliche Gutachten einholen, so dass an diesem Tag kein Urteil gefällt wurde. Das nächste Treffen sollte in zwei oder drei Monaten stattfinden.

Um 17 Uhr 31 bestiegen sie den ICE-Zug Nr. 846 von Hannover nach Köln. Sie kamen gegen zehn Uhr an.

Werner fuhr seine Assistentin sofort nach Hause und nach einem kurzen Kuss fuhr er nach Hause.

Joanna war schon im Bett.

- Wie war es? - sie fragte.

- Sehr intensiv. Ich denke, wir haben die Chance, diesen Prozess zu gewinnen, aber es wird wahrscheinlich noch ein oder zwei Anhörungen geben - antwortete er.

XXXVIII.

Ende November kam Marlene sehr glücklich zur Arbeit. Sie brachte wunderschön gedruckte Hochzeitseinladungen für alle. Sie hat sich mit Stephan verlobt. Ihr Auserwählter war zwei Jahre älter als sie und leitete seine eigene Firma. Er versorgte Krankenhäuser und Arztpraxen mit medizinischen Geräten, insbesondere Ultraschall- und Laborgeräten.

Stephan war sehr aktiv in der evangelischen Gemeinde, er war mit Pastor Matthias und seiner Frau Heidi befreundet. Beide haben bereits seine zukünftige Frau getroffen. Aus diesem Grund wollten Braut und Bräutigam zu Weihnachten in der Matthias-Kirche heiraten.

Joannas Schwangerschaft läuft gut. Sie besuchte regelmäßig ihren Frauenarzt. Joanna und Werner planten, dass Joanna bis zu ihrem siebten Schwangerschaftsmonat arbeiten und dann Mutterschaftsurlaub nehmen würde.

Aus diesem Grund suchte die Anwaltskanzlei einen neuen Assistenten oder Assistentin im Büro. Die Russin Elena trat als Kandidatin vor. Die Frau war zweiunddreißig Jahre alt und kam vor sechs Jahren mit ihrem Ehemann Oleg nach Deutschland. Elena studierte Wirtschaftswissenschaften in Moskau

(Москва) und arbeitete im Wirtschaftsministerium. Sie und ihr Mann beschlossen jedoch, für bessere Lebensaussichten nach Deutschland zu kommen. Beide haben jüdische Wurzeln, daher waren die Formalitäten einfach. Elena ist seit zehn Jahren verheiratet. Sie hatten einen achtjährigen Sohn und eine vierjährige Tochter.

Elena war sehr fleißig. Ihr Mann arbeitete als Polizist in Deutschland wie in Russland. Aufgrund seiner Beförderung musste das Paar nach Bonn ziehen, aber Elena wollte weiter in Werners Büro arbeiten.

XXXIX.

Das neue Jahr ist gekommen. Januar und Februar waren sehr kalt. Nach Weihnachten und Neujahr, nach kurzen Winterferien, kehrten alle ins Büro zurück.

Bei der Teambesprechung am zweiten Freitag im Februar sagte Werner, Joanna werde wegen Schwangerschaft in Mutterschaftsurlaub gehen und ab dem 1. März nicht mehr arbeiten. Elena wurde mit dem gleichen Gehalt wie Joanna zum Kanzleichefin befördert.

Marlene gab dann bekannt, dass sie im zweiten Monat schwanger war. Sie sagte ehrlich, dass sie und ihr Mann drei Kinder geplant hätten. Also will sie eine lange Pause von der Arbeit machen. Sie sagte auch, dass ihr Mann wollte, dass sie nach der Elternzeit bei ihm in seiner Firma bleibt. Sie erklärte, dass sie ein sehr gutes Paar sind und keine Zeit ohneeinander verschwenden wollen.

Alle gratulierten ihr. Marlene dankte auch für eine sehr nette und erfolgreiche Zusammenarbeit. Sie betonte, dass die Erfahrung und die Freundschaft ein Leben lang in ihrer Erinnerung bleiben würden. Natürlich wollte sie private Kontakte zu Werner, Joanna und anderen pflegen.

Werner hat beschlossen, dass ihre Position ab dem 1. März als vakant bekannt gegeben wird. Er stellte auch kurz die wirtschaftliche Situation der Anwaltskanzlei vor. Die Situation war sehr gut und das Unternehmen wollte sich weiterentwickeln.

Laut Werner laufen derzeit Gespräche mit zwei großen Kunden, die fortlaufende rechtliche Unterstützung benötigen. Aus diesem Grund beabsichtigte Werner, zum Jahresende so bald wie möglich einen dritten und einen vierten Anwalt einzustellen.

Mitte März erschien ein Mann, Taher, zum Interview. Er war aus Libyen und hatte eine typische dunkle Haut. Er war siebenundzwanzig Jahre alt und unterrichtete Mathematik in Libyen. Leider starben seine Eltern während des Bürgerkriegs. Sein Vater betrieb dort ein kleines Lebensmittelgeschäft. Nach dem Tod seiner Eltern und dem anhaltenden Krieg beschloss Taher, das Unternehmen zu verkaufen und segelte mit einem Schlauchboot nach Europa. Während dieser Flucht verlor er viel Geld und in Deutschland hatte er auch Probleme, die restlichen Gelder von einer libyschen Bank nach Deutschland zu überweisen. Aber die Einwanderungsbehörden haben ihm sehr geholfen.

Werner erklärte ihm, dass er und seine Frau bald ein Baby bekommen würden und dass eine andere Büroassistentin ebenfalls schwanger sei.

- Ich gratuliere Ihnen von ganzem Herzen. Mutterschaft und Vaterschaft sind das Beste, was passieren kann. Ich erwarte ein Kind mit meiner Frau Beata. Sie ist im dritten Monat schwanger, sagte - Taher.

- Dann auch Glückwunsch. Warum möchten Sie eigentlich in einer Anwaltskanzlei arbeiten und aufhören sich als Lehrer zu erfüllen? - fragte Werner.

- Ich habe als Lehrer gearbeitet, weil ich in Libyen keine anderen Möglichkeiten hatte. Ich wollte auch das Werk meines Vaters nicht übernehmen. Ich hatte kein Herz dafür. Und ich glaube, dass ich in einer solchen Anwaltskanzlei meine beruflichen Pläne leicht umsetzen und meine organisatorischen Fähigkeiten stärken kann.

Nach einer Weile fügte er hinzu.

- Ich kann sehen, dass Ihr Büro sehr gut mit Apple-Geräten ausgestattet ist. - jemand hat dir einen guten Rat gegeben.

- Ja, das stimmt. Ich freue mich sehr, dass alles perfekt funktioniert.

- Und wer führt den Dokumentenservice durch?

- Bisher hatten wir eine Rentnerin, eine Lehrerin. Sie konnte das immer noch tun. Das einzige Problem ist, dass ihr Mann kurz vor dem Ruhestand steht und sie zu ihrer Wohnung auf den Kanarischen Inseln fliegen und dort jedes Jahr mehrere Monate verbringen möchten. Also suche ich nach einer neuen Lösung.

- Ich habe eine Idee für uns. Philips bietet den "SpeechLive"-Service an. Er verkauft auch für diesen Zweck geeignete Diktiergeräte. Die Arbeit kann auch als Team oder vor Ort organisiert werden. Die Diktate werden von professionellen Schreibkräften bearbeitet, die auch eine bestimmte Rechtssprache verwenden. Das Smartphone kann auch als Diktiergerät verwendet werden. Aus Sicherheitsgründen würde ich jedoch den Kauf separater Geräte empfehlen, riet Taher.

- Haben Sie Erfahrung mit einem solchen System?

- Nicht persönlich, aber meine Frau ist Hausärztin und benutzt das System in ihrer Arztpraxis. Sie ist sehr zufrieden damit. Wir können es ausprobieren.

- Gut. Können Sie weitere Informationen für mich vorbereiten? Später werden wir im Mai mit dem Philips "SpeechLive"-Service arbeiten - entschied der Anwalt.

Werner erkannte, dass Taher sehr intelligent und freundlich war. Er wollte ihm auch ein gutes Gehalt anbieten. Er gab ihm einen Arbeitsvertragsentwurf.

Taher las das Dokument und sagte.

- Oh, ich freue mich sehr! Ich hatte nicht so viel erwartet, aber ich werde beweisen, dass ich es wert bin.

- Wir Väter müssen uns gegenseitig unterstützen - schloss Werner.

Taher begann seine Arbeit am 1. Mai. Er war sehr in organisatorische Angelegenheiten involviert. Zunächst analysierte er die rechtlichen Probleme der Mandanten. Durch die Recherche relevanter Websites suchte er nach Urteilen des Obersten Gerichtshofs. Er analysierte das Gerichtsverfahren und machte die Schwächen der Gegenpartei ausfindig.

XL.

Joannas Geburt verlief ohne Komplikationen. Die Wunde im Schritt war ohne Reizung perfekt verheilt und die Nähte konnten wie geplant entfernt werden. Mutter und Kind kehrten ebenfalls schnell nach Hause zurück. Werner und Joanna hatten eine Tochter, Sophie. Im Griechischen bedeutet dieser Name Weisheit. Wann immer möglich, hat Joanna ihre Tochter gestillt, damit sie sich gesund und mit voller Immunabwehr ernährt. Das Stillen war für beide sehr wichtig. Nach der Schwangerschaft veränderte sich Joannas Körper langsam hormonell und körperlich. Werner war glücklich, aber er war nervös wegen des Mangels an sexueller Aktivität. Joanna bemerkte dies und sagte nach zwei Wochen zu Werner:

- Komm heute mit mir ins Badezimmer und dann gehen wir zusammen ins Bett.

- Ich denke es ist zu früh.

Werner reagierte etwas überrascht.

- Ihre Genitalien, die Gebärmutter, brauchen noch Ruhe.

- Es ist klar, aber ich möchte deinen Körper massieren und Oralverkehr haben. Ich brauche dich auch.

Werner war sehr glücklich und küsste Joanna von Kopf bis Fuß, rieb sich Bauch und Rücken mit Babyöl.

XLI.

Anfang Juni erschien Ewa zu einem Interview. Sie war dreißig Jahre alt und lebte seit zwei Jahren in Deutschland. Sie konnte sehr gut Deutsch und Englisch. Ihre Muttersprache war Polnisch. Ewa hat bereits als Anwältin in Polen gearbeitet, in Deutschland war sie Assistentin in der Staatsanwaltschaft. Sie erhielt die Genehmigung der Anwaltskammer und konnte auch als Anwältin in Deutschland arbeiten. Sie wollte sich auf das Urheberrecht und insbesondere auf das Familienrecht konzentrieren.

Ewa war eine sehr elegante Frau. Sie trug eine schwarze Jacke, einen kurzen Rock und eine blaue Bluse. Obwohl es draußen warm war, trug sie dünne beige Strumpfhosen und schwarze Pumps mit schmalen Fersenriemen. Sie hatte sich professionell geschminkt und ihre Ohren mit wunderschönen Ohrringen verziert. Sie hob ihre Hände mit dunkelblauem Nagellack hervor. Ein Ehering glitzerte am rechten Ringfinger. Sie machte den Eindruck einer kompetenten und erfahrenen Person.

- Warum bist du nach Deutschland gezogen? Ich habe gehört, dass es der polnischen Wirtschaft jetzt gut geht - fragte Werner.

- Ja, das ist eine unangenehme Geschichte für mich. Der Wirtschaft geht es gut, aber die Mentalität bleibt gleich. Ich bin eine Lesbe und lebe seit sechs Jahren mit meinem Schatz. Wir sind seit einem Jahr verheiratet. Meine Frau heißt Monika. Ich habe einen Bruder in Polen. Er ist verheiratet und hat zwei Kinder. Leider weigerten sich mein Bruder und seine Frau aufgrund meiner sexuellen Orientierung, mich zu kontaktieren. Sie sahen im Fernsehen, dass Homosexualität und LGBT + Personen für Familien gefährlich sein können. Aus diesem Grund haben wir uns in Polen nicht mehr wohl gefühlt. Wir wollten arbeiten und heiraten wie normale Menschen.

- Und wie sah es mit deiner Monika aus?

- Bei ihr ist die Situation anders. Sie ist ein Einzelkind, und ihre Eltern, Mutter von Beruf einer Kellnerin, und ihr Vater, der in einer Autofabrik arbeitet, haben ihre Entscheidung im Grunde voll akzeptiert. Ihre einzige Sorge war, dass sie als Lesbe kein Kind bekommen würde. Ein Kind ist auch unser großer Wunsch. Und das war auch der Grund, warum wir nach Deutschland gekommen sind. Zunächst wollen wir ein Haus bauen und die deutsche Staatsbürgerschaft erhalten. Aber wir sind hier zu kurz für eine offizielle Einbürgerung. Nächstes Jahr, wenn unser Haus fertig ist, planen wir künstliche Befruchtung, die einige Kliniken anbieten.

Es wäre wahrscheinlich die beste Lösung für uns. Der Samenspender ist unbekannt, aber das ist auch nicht wichtig. Ich und Monika werden unser eigenes Kind bekommen können.

- Was macht Monika, wenn ich fragen kann?

- Unterrichtet Mathematik und Englisch. Sie kann sehr gut Englisch, deshalb wollten die Schüler, dass sie Mathematik auf Englisch unterrichtet. Die Schulleiterin erlaubte es auch. Darüber hinaus gibt sie nicht obligatorischen Unterricht in Sexualerziehung. Die Eltern mussten ihre Zustimmung schriftlich geben. Monika hat viel zu tun, weil alle Schüler ihre Vorlesungen hören wollten. Monika kann Sexualität in vielen möglichen Aspekten diskutieren. Sie kenne Anatomie, Physiologie und auch die religiösen Aspekte, die in diesen Themen verfügbar sind, sehr gut, erklärte Ewa.

- Und woher kannst du und deine Frau perfekt Englisch? Fragte Werner.

- Wir haben noch in Polen Englisch gelernt. Wir stehen jetzt in ständigem Kontakt mit einer englischen Familie, die an der Küste des Ärmelkanals lebt. Vor einem Jahr haben wir diese Familie mit zwei jungen Töchtern auf den Kanarischen Inseln getroffen. Sie lebten im selben Hotel wie wir und wir waren nebeneinander am Strand. Die Engländerin, Monika und ich zogen es vor, oben ohne zu sonnen, also nahmen wir ein Sonnenbad am Ufer des Strandes. Der Aufenthalt am Strand langweilte die Mädchen und sie fingen an zu wimmern. Monika bemerkte das. Aus der Strandtasche nahm sie ein Notizbuch und einen Bleistift. Auf Englisch lud sie die Kinder zu ihrer Decke ein:

Come on, we are going to make a game, a mathematical game.[41]

Die Töchter waren sehr interessiert. Monika behandelte Mädchen mit einfachen Quizfragen und dann mit fortgeschritteneren Aufgaben. Die Kinder und ihre Eltern waren sehr zufrieden und Monika musste jeden Tag ein neues Spiel und mathematische Probleme vorbereiten. Alle hatten Spaß.

- Und Ihre Homosexualität hat ihre Familie nicht bedroht? - Fragte Werner rhetorisch und lachte.

- Danke für die Einführung. Und wann kannst du anfangen zu arbeiten?

- Jetzt im Sommer, wenn Monika im Urlaub ist, wollen wir nach Polen gehen, unser Eigentum verkaufen und

---

[41] Komm schon, wir machen ein Spiel, ein mathematisches Spiel.

unsere Angelegenheiten erledigen. Wir wollen Geld für den Bau unseres Hauses ausgeben. Es ist also realistisch, dass ich am 1. September mit der Arbeit beginnen werde.

- Fragst du unseren Anwalt Hubert nach Ihrer Einbürgerung. Ich denke, er kann euch helfen - riet Werner.

Werner stufte sie von Anfang an als erfahrene Anwältin ein und bot ihr etwas mehr als das Gehalt eines aufstrebenden Anwalts an. Ewa war sehr zufrieden. Innerhalb einer Woche bekam sie einen Arbeitsvertrag zum Lesen, den sie nach der Unterzeichnung zurückschickte.

XLII.

Wie geplant verließ Marlene die Kanzlei im August. Sie pflegte immer noch private Kontakte zu Joanna und Werner. Das Unternehmen war voll ausgelastet und die finanzielle Situation war besser als erwartet. Der SpeechLive-Dienst hat sich in der Arbeit der Anwaltskanzlei als erfolgreich erwiesen.

Zu Hause kümmerte sich Joanna um ihre Tochter. Werner fragte, ob sie eine Haushaltshilfe und einen Babysitter brauche.

- Eigentlich kann ich alles machen, aber es wäre kein Problem, wenn jemand für ein paar Stunden kommen würde und ich mit dir in die Stadt, zum Friseur oder in die Oper gehen könnte. Wir waren so lange nicht mehr zusammen auf einer Show.

- Dann findest du eine Frau, die uns helfen kann - sagte Werner.

Joanna hat einige der Bewerber interviewt. Die Psychologiestudentin Irina machte einen guten Eindruck auf sie. Sie war im dritten Studienjahr an der Universität Bonn. Sie lebte in ihrer Stadt und fuhr jeden Tag mit dem Bus nach Bonn. Aus finanziellen Gründen konnte sie sich kein Auto leisten. Laut Studienplan konnte sie Joanna viermal pro Woche von 18 bis 22 Uhr helfen. Nach Rücksprache mit Werner wurde Irina als

Haushälterin eingestellt. Sie zeigte großes Engagement und Sophie genoss es auch, mit ihr in Kontakt zu sein.

Joanna hatte ein Angebot für sie.

- Irina, ich kann dir mein Auto ausleihen, weiße Dacia Duster. Werner kaufte mir einen BMW X5 in der Farbe Ametrin metallic.

Mein Dacia ist drei Jahre alt und in gutem Zustand. Als Eigentümer zahle ich weiterhin Steuern und Versicherungen. du müssest für Benzin bezahlen und das Auto selbst waschen. Ob es dir passt? - sie kam mit einem Vorschlag heraus.

Irina war sehr glücklich.

- Oh, das ist sehr, sehr nett von dir. Dies wird mein Lernen viel einfacher machen. Ich muss nicht so viele Stunden im Bus verbringen und ich konnte bequem zu dir kommen. Sie war froh.

Joanna zeigte ihr das Auto. Es war in perfektem Zustand.

- Rauchst du jedoch nicht im Auto und trägst keine gefährlichen, giftigen Güter mit dich. Möglicherweise müssest du dieses Auto mit meiner Tochter fahren - betonte Joanna.

- Ja natürlich. Ich rauche nicht, ich trinke nicht. Mein Freund ist auch abstinent.

XLIII.

Anfang Dezember wollte Werner einen weiteren Anwalt einstellen. Die Anwaltskanzlei genoss einen internationalen Ruf, und auch die gemeinnützigen Aktivitäten entwickelten sich gut. Die türkische Yasemin kam zur Präsentation. Die Anwältin war Muslim, seit acht Jahren verheiratet und Mutter von drei Kindern. Obwohl die Familie sehr religiös war, trug Yasemin keinen Hijab. Sie glaubte, dass im Glauben der innere und persönliche Kontakt mit Gott wichtig sei. Es muss nicht draußen gezeigt werden. Sie verstand jedoch Frauen, die traditionell Hijabs tragen. Ihre Meinung wurde von ihrem Ehemann akzeptiert.

Zuerst dachte Werner, Yasemin würde für familiäre und soziale Angelegenheiten verantwortlich sein und bei gemeinnützigen Aktivitäten helfen. Es wurde bald klar, dass Yasemin gut in Rechtsstreitigkeiten war. Sie konnte Fakten sehr sorgfältig analysieren, große Probleme teilen in kleine auf und jedes als separates Problem lösen. Auf diese Weise gewann Werners Anwaltskanzlei eine sehr große Klage für einen wohlhabenden Mandanten. Es war auch mit einer entsprechend hohen Vergütung für die Dienstleistung verbunden. Werner wollte ihr als Dankeschön einen großen Bonus geben.

- Es ist sehr schön, aber ich bin Teil des Teams. Wir haben alle diesen Prozess zusammen gewonnen und ich denke, jeder sollte einen Teil des Sieges haben. Deshalb bitte ich dich, die Boni an alle in den entsprechenden Teilen weiterzugeben, sagte Yasemin.

- Es ist sehr schön, aber du hast drei Kinder, einen Ehemann und andere Dinge.

Schau, Werner. Jemand hat Kinder, ein anderer braucht ein neues Auto, sie baut ein Haus, ein anderer hat kranke Eltern. Jeder von uns hat ein privates Bedürfnis. Aber wir sind ein Team. Vergiss dich nicht, wenn du den Bonus teilst, fügte dich hinzu.

XLIV.

Das Privatleben von Werner und Joanna verlief reibungslos. Sie konnten alle Angelegenheiten gemeinsam besprechen und fanden immer eine gute Lösung. Die Tochter entwickelte sich sehr gut und wurde ständig von einem Kinderarzt betreut. Nach zwei Jahren wurde Joanna schwanger und gebar einen Sohn.

Irina ließ sich in ihrer Familie nieder. Sie hatte sehr guten Kontakt zu Joanna und Sophie. Joanna lernte auch ihr Partner Sasha kennen, die Biologie studierte. Sie wollten in Zukunft heiraten. Sie kamen beide aus Jekaterinburg (Екатеринбург,) und hofften, eines Tages nach Russland zurückkehren zu können.

Marlenes Leben lief auch gut. Ihr Baby entwickelte sich richtig, war gesund und bald wollte Marlene wieder schwanger werden.

Stephens Firma funktionierte perfekt. Der Boom auf dem Markt war positiv, so dass Krankenhäuser und Kliniken viel Geld hatten, um in neue Geräte zu investieren.

Heidis vier Kinder waren ebenfalls gesund. Es ist wahr, dass der dritte Sohn eine Herzoperation hatte, aber alles war erfolgreich.

Auch Pastor Matthias führte seine evangelische Gemeinde auf moderne Weise. Die Kirche und das Gemeindehaus standen allen offen. Viele türkische und orthodoxe Familien hatten auch gute Kontakte zu Matthias und Heidi. Das Gebäude der evangelischen Gemeinde diente bei verschiedenen Gelegenheiten als Festhalle.

XLV.

Wolfgang, Sohn von Joanna und Werner, wird bald zwölf. Joanna bemerkte, dass sich sein Körper in den letzten Monaten verändert hatte. Seine Stimme vertiefte sich, ein Kinn wuchs und Körperbehaarung erschien. Joanna wusste, dass seine Kindheit vorbei war und Wolfgang seine Jugend durchlief. Als sie die Laken wechselte, bemerkte sie Spermienflecken. Sie bemerkte, dass ihr Sohn im Schlaf einen unbewussten Orgasmus hatte. Dies war wahrscheinlich der Grund, warum sich der Sohn in den letzten Wochen unwohl fühlte. Sie wollte mit ihm reden. Wolfgang kam von der Schule zurück und nach dem Mittagessen fragte Joanna ihn:

- Kann ich einen Moment mit dir reden?

- Natürlich, Mama.

- Wolfgang, du wirst bald zwölf sein. Joanna begann es zu erklären.

- Du hast bemerkt, dass sich Ihr Körper verändert. Du wechselst von Jungen zu Mann. Dein Testosteronspiegel steigt und der Penis, deine Hoden und Nebenhoden nehmen zu. Aus diesem Grund erscheinen Schamhaare und Akne auf der Haut. Unwillkürliche Erektionen und Ejakulationen in der

Nacht sind ebenfalls normal. Aus diesem Grund wird die Bettwäsche morgens von Zeit zu Zeit nass.

- Danke, Mutter, für das Verständnis und die Erklärung. Ich habe schon einmal von der Pubertät gehört und gelesen, dachte aber, dass sie etwas später kommen würde.

Ende März feierten sie Wolfgangs zwölften Geburtstag. Die Familie bereitete ihm ein besonderes Geschenk vor. Er bekam eine Eintrittskarte für die ganze Familie zum Theater in Duisburg. Die deutsche Oper am Rhein präsentierte eine Kinderversion der "Zauberflöte" von Wolfgang Amadeus Mozart.[42]

Es war eine echte Überraschung für Wolfgang. Die ganze Familie hat sich schick gekleidet. Joanna und Sophie sahen außergewöhnlich elegant und attraktiv aus. Sophie trat bereits als Pianistin in der Öffentlichkeit auf und war mit Make-up und Cocktailkleidung vertraut.

Die Oper war beeindruckend. Das fabelhafte Libretto zeigte eine schöne, reine Liebe mit verschiedenen Schwierigkeiten und Intrigen, Kampf und schließlich Sieg. Aria von "Papageno" ist sehr beeindruckend.

---

[42] [VM 8.]

PAPAGENO: Pa-Pa-Pa-Pa-Pa-Papagena!

PAPAGENA: Pa-Pa-Pa-Pa-Pa-Papageno!

PAPAGENO: Bist du mir nun ganz ergeben?

PAPAGENA: Nun bin ich dir ganz ergeben!

PAPAGENO: Nun so sei mein liebes Weibchen!

PAPAGENA: Nun so sei mein Herzenstäubchen!

PAPAGENO & PAPAGENA:

Welche Freude wird das sein,

wenn die Götter uns bedenken,

uns'rer Liebe Kinder schenken,

so liebe kleine Kinderlein!

PAPAGENO: Erst einen kleinen Papageno!

PAPAGENA: Dann eine kleine Papagena!

PAPAGENO: Dann wieder einen Papageno!

PAPAGENA: Dann wieder eine Papagena!

PAPAGENO: Papageno!

PAPAGENA: Papagena!

PAPAGENO & PAPAGENA:

Es ist das höchste der Gefühle,

wenn viele, viele Papagena/Papageno

der Eltern Segen werden sein![43]

Sie kamen alle sehr spät nach Hause.

- Liebe Eltern, liebe Schwester, ich bin sehr dankbar für eures Geschenk. Wenn ich ein neues Smartphone bekommen würde, wäre es bald veraltet. Das Erlebnis, dies ich heute mit euch erlebt habe, wird für den Rest meines Lebens bei mir bleiben - sagte Wolfgang.

---

[43] [VLW 10.]

XLVI.

Es war Anfang Juli, Donnerstag, ein sehr schöner, warmer, sonniger Tag. Um 17 Uhr im Büro zog sich Joanna um. Sie trägt ein wunderschönes hellgelbes modström "Ryder" Kleid mit roten Högl Mokassins. Auf dem Heimweg bei warmem Wetter trug sie keinen BH.

Joanna ging allein nach Hause, weil Werner in Düsseldorf in eine Zivilklage verwickelt war. Ihre Tochter Sophie wartete zu Hause auf sie. Sie trug ein kurzes Khaki-Oliver-Kleid mit Raglanärmeln und rundem Ausschnitt. Sie trug schwarze Hausschuhe mit glänzenden rosegoldenen Details von Rieker.

Joanna betrat das Wohnzimmer und küsste Sophie.

- Mutti, ich möchte mit dir reden - sagte sie.

- Gut. Ich nehme nur einen Schluck Wasser und habe Zeit für dich.

Joanna setzte sich auf das große Sofa im Wohnzimmer. Ihre Tochter zog ihre Schuhe aus und legte sich auf die Seite, damit ihr Kopf zwischen Joannas Brüste gelegt werden konnte. Mit dem linken Ohr hörte sie den Herzschlag ihrer Mutter. Joanna legte ihre rechte Hand auf Sophies rechte Seite.

- Was willst du mir sagen, Tochter? Sie fragte.

- Mama, ich bin fast 16 Jahre alt und seit einigen Monaten spüre ich einen zunehmenden Sexualtrieb. Ich will und muss einfach ein normales Sexleben beginnen - sie gestand.

- Hattest du schon mal sexuellen Kontakt?

- Ja, mein Freund, der eigentlich sehr schüchtern ist, sagte mir, dass er mich sexuell mochte und mit mir ins Bett gehen wollte. Wir haben seitdem ein paar Geschlechtsverkehr gehabt, aber wir sind beide besorgt über eine ungewollte Schwangerschaft. Kondome sind für meine junge Vaginalschleimhaut sehr unangenehm. Kannst du mir raten, zu Beginn meines Sexuallebens nichts falsch zu machen? - Sie fragte.

- Weißt du, wir genießen oft die Sonne zusammen in unserer FKK-Ecke, während ich deinen Körper beobachtete. Ich habe festgestellt, dass deine Brüste größer sind, deine Brustwarzen eine reife Form haben und du angefangen hast, Make-up und Pediküre zu machen. Es ist nur natürlich, dass du dich sexuell von Jungen angezogen fühlst. Was die Empfängnisverhütung betrifft, denke ich, dass die Verhütungspille die beste Option für dein Alter ist. Aber wir werden uns von einem Frauenarzt beraten lassen. Ein weiteres Problem ist der Schutz vor sexuell übertragbaren Krankheiten wie Hepatitis, HIV und Syphilis. Aus diesem Grund empfehle ich, dass du nur sexuellen Kontakt mit einem bekannten Kreis von Schulkameraden hast. Du müssest sich immer mit Kondomen schützen, wenn du mit Fremden in Kontakt kommst. Oralsex ist eine Möglichkeit. Dies ist eine normale Art des Geschlechtsverkehrs zwischen sauberen und gesunden Menschen. Ich denke, du kennst dich selbst, mit wem du ins Bett gehen kannst. Ich und dein Vater werden dir nicht verbieten, was natürlich und gut für dich ist. Aus diesem Grund macht es uns nichts aus, wenn du mit deinem Freund bei uns treffen würdest, schlug sie vor.

Sophie war erleichtert.

- Danke, Mama, für den Rat. Kannst du einen Termin mit meinem Frauenarzt für die nächste Woche vereinbaren? Möglicherweise müssest du der Empfängnisverhütung zustimmen.

- Kein Problem, Sophie. Ich werde es für dich tun. Sag mir, wie es dir in der Schule und mit deinem Musiktraining geht. Joanna wechselte das Thema.

Sophie hatte großes musikalisches Talent. Sie wollte seit ihrer Kindheit Klavier spielen. An ihrem sechsten Geburtstag kauften Joanna und Werner ihrer Tochter ein professioneller Steinway & Sons Klavier, das Modell SPIRIO B-211, das mit schwarzem Lack überzogen war. Das Klavier steht im Wohnzimmer und die Tochter trainiert fleißig und jeden Tag. Ihr Lieblingskomponist ist Fryderyk Chopin, der in Deutschland nicht so beliebt ist wie in China, Korea, Russland, den USA und natürlich in Polen.

- Mir geht es gut in der Schule. Du weißt, ich habe viel zu tun. Neben dem Gymnasium gehe ich auch auf eine Musikschule. Aus diesem Grund glaube ich, dass sexuelle Entspannung gut für meinen Körper und Geist sein kann.

Sophie drehte sich auf den Rücken, ihr Kopf ruhte auf den Schenkeln ihrer Mutter und sie konnte Joannas freundliches Gesicht beobachten. Joanna massierte sanft den Bauch ihrer Tochter.

- Ich habe Kontakt per E-Mail und auf Facebook mit einem guten Musiker aus Russland. Ich habe ihn vor einigen Jahren während meiner Ferien in Griechenland getroffen. Derzeit ist er Musikdirektor eines Konzertsaals in einer russischen Großstadt. Wenn du möchtest, kann ich ihn fragen, ob du in den Ferien vorbeikommen und an Proben und Workshops mit seinem Orchester teilnehmen kannst - schlug sie vor.

- Es wird mein Traum sein! - Sie freute sich.

Sophie saß am Klavier und spielte die "Mazurka" von Fryderyk Chopin.[44]

Zwei Wochen später schickte Alexander eine Einladung an Sophie. Sommerferien wäre nicht möglich, aber er lud sie in der Herbstpause für zwei Wochen nach Russland ein.

Joanna musste kein Hotel für ihre Tochter buchen, da Aleksander mit seiner Frau und zwei Kindern in einem schönen großen Haus lebte. Sophie musste nur ein Visum und Flugtickets bekommen.

---

[44] [VM 3.]

XLVII.

Die Zeit verging unaufhaltsam. Joanna war einundsechzig Jahre alt. Sie arbeitete immer noch in der Anwaltskanzlei. Es war Ende November. Die Tage wurden kurz, nass, kalt und unangenehm. Es regnete, manchmal schneite es, alles sah grau und deprimiert aus. Joanna fühlte sich morgens nicht gut. Sie hat Kribbeln und Krämpfe im Magen und sie hat Durchfall.

- Werner, ich bleibe heute zu Hause und trinke Tee. Dann werde ich mich wahrscheinlich besser fühlen - sagte sie.

Werner bemerkte, dass seine Frau ein blasses Gesicht hatte.

- Außer Frage. Wir gehen sofort ins Krankenhaus - entschied er.

- Warte, bitte, ich werde mich wahrscheinlich nach ein paar Stunden besser fühlen.

- Nein, wir gehen direkt zur Universität Bonn, um unseren Arztfreund zu sehen - wiederholte Werner.

Joanna fühlte sich beim Fahren nicht wohl und war froh, dass Werner beschlossen hatte, in die Klinik zu gehen. In der Notaufnahme wurde ihr Blut abgenommen und eine Ultraschalluntersuchung des Abdomens durchgeführt. Die Untersuchung ergab einen teilweise verstopften Darm und freie Flüssigkeit im Bauchraum. Aus diesem Grund wurde sofort ein CT-Scan der Bauchhöhle durchgeführt. Joanna wurde ins Krankenhaus aufgenommen. Nach einigen Stunden waren die diagnostischen Tests abgeschlossen. Der Arzt lud Werner in sein Büro ein.

- Werner, es tut mir leid, ich habe schlechte Nachrichten. Joanna hat einen sehr fortgeschrittenen Krebs mit einem sogenannten fulminanten Verlauf. Es bedeckt die gesamte Bauchhöhle und ist nicht operabel. In diesen Fällen ist auch eine Chemotherapie oder Strahlentherapie unwirksam. Joanna wird bald sterben, sagte er.

Werner war geschockt und weinte.

- Wie ist das möglich? Wir haben so ein gesundes Leben geführt, gesunde Ernährung, Wasser, Sport?!

XLVIII.

Es war Anfang Januar. Der Tag war frostig und trocken. Die Sonne schien hell. Joanna saß im Rollstuhl neben der Terrassentür und beobachtete den Garten. Der Rasen, der Teich und der Steingarten waren mit einer weißen Schneeschicht bedeckt.

Alla Pugatchowa Lied "Alte Uhr"[45] stammte aus dem Bose-System.

Das Leben kann nicht zurückgedreht werden

Und Sie können die Zeit nicht für einen Moment anhalten.

Lass die Nacht endlos und einsam in meinem Haus sein

Die alte Uhr funktioniert immer noch.[46]

Werner setzte sich auf den Stuhl neben ihr. Er brachte Joanna warmen schwarzen Tee.

- Werner, ich liebe dich. Du weißt, ich werde bald sterben. Ich wollte mich für unser ganzes gemeinsames

---

[45] [VM 10.]
[46] [VLW 8.]

Leben bedanken. Ich werde nie vergessen, wie du mir ein neues Leben gegeben hast, sagte sie.

- Joanna, ich liebe dich auch. Ich bin sehr dankbar, dass du dich so um mich, unsere Kinder und unser Zuhause gekümmert hast.

- Werner, in meinem Testament habe ich mein ganzes Vermögen zu gleichen Teilen auf unsere beiden Kinder aufgeteilt. Ich denke du hast genug Geld, sagte sie.

- Gut. Ich würde auch so machen - kurz sagte Werner.

Joanna fühlte sich nicht gut und sie wollte kein Mittagessen.

- Werner, bring mich ins Schlafzimmer.

Werner fuhr mit Joanna den Aufzug hinauf in den zweiten Stock. Im Schlafzimmer ging Joanna ins Bett.

Sie erinnerte sich an das Lied "When I Need You", diesmal interpretiert von Céline Dion[47].

Wenn ich dich brauche

Ich schließe nur meine Augen und bin bei dir ...[48]

---

[47] [VM 5.]
[48] [VLW 11.]

Joanna schlief friedlich ein. Werner, ihre Tochter und ihr Sohn waren bei ihr.

Ein Engel begrüßte sie am Eingang zum Himmel.

- Komm rein, Joanna. Ihr Ex-Liebhaber wartet hier.

Die Tochter ging nach unten und spielte Klavier "Trauer Marsch " von Chopin[49].

---

[49] [VM 3.]

XLIX.

Joannas Beerdigung fand eine Woche später statt. Die Verstorbene wünschte, dass die Hälfte ihrer Asche im Rhein verstreut würde. Nur Werner und die Kinder, Marlene und Stephan mit den Kindern und Pastor Matthias von Heidi nahmen an der Beerdigung teil.

Joanna wird von allen als wundervolle Frau, Mutter, gute Person und erfolgreiche Geschäftsfrau in Erinnerung behalten.

Das Leben ging weiter.

L.

Einen Monat nach Joannas Tod traf eine große Katastrophe die Familie Marlene. Ihr Mann Stephan starb bei einem Autounfall während einer Geschäftsreise. Aufgrund einer akuten affektiven Depression musste Marlene eine psychiatrische Behandlung erhalten. Glücklicherweise führten treue Mitarbeiter sein Geschäft von seiner besten Seite. Marlenes Tochter Martina arbeitet als Ärztin. Sie nahm sich einen Monat unbezahlten Urlaub und lebte bei ihrer Mutter.

Mit Hilfe von Familie und Freunden fand Marlene ihr geistiges Gleichgewicht wieder.

LI.

Sechs Monate später saß Werner auf der Couch im Wohnzimmer zu Hause. Es war Ende Juli. Es war heiß. Werner hörte Mozarts 7. Klavierkonzert für drei Klaviere und Orchester, interpretiert von Christoph Eschenbach, Justus Frantz, Helmut Schmidt und den London Philharmonic Orchestra.[50]

Er dachte, wie viele Deutsche tatsächlich wussten, dass Helmut Schmidt ein guter Pianist war. Jeder weiß, dass er Bundeskanzler war, aber kaum jemand weiß etwas über seine musikalischen Aktivitäten.

Mit Tränen in den Augen erinnerte er sich an Joanna. Als ehemalige Prostituierte absolvierte sie nur eine Realschule. In seinem Büro hatten alle Menschen, die arbeiteten, tatsächlich eine höhere Ausbildung, hauptsächlich im Bereich Recht. Trotzdem baute Joanna das organisatorische Rückgrat für ihre Anwaltskanzlei. Er erinnerte sich, dass Joanna im ersten Interview mit einem Bleistift eine Liste in ihrem Bürogebäude geschrieben hatte, von Büroklammern über Computersysteme bis hin zu Software und Hardware. Sie hatte auch sehr gute Ideen für die Kleiderordnung und bot einen "freien Freitag" an.

---

[50] [VM 8.]

Als Frau, als Ehefrau, als Mutter war sie von Kopf bis Fuß perfekt. Tatsächlich war sie die stärkste und klügste Person, die er jemals getroffen hatte. Er war sehr stolz darauf, dass sie ihn liebte und ihn im Leben begleitete. Sie war immer freundlich und tolerant gegenüber allen Menschen. Ihre Zitate aus dem Koran, dachte Werner, hatten einen tiefgreifenden Einfluss auf ihn und die Philosophie ihres Amtes. Eigentlich haben Joanna und Werner eine Anwaltskanzlei von Grund auf neu aufgebaut.

Die Anwaltskanzlei hat mittelgroße, aber auch sehr wohlhabende juristische Mandanten. Joanna bereitete aber auch einen Treffpunkt für Menschen vor, die kein Geld hatten, kein Deutsch konnten und keine Kenntnisse darüber hatten, wie man in der deutschen Gesellschaft funktioniert. Er glaubte, dass viele dieser Menschen im Bergischen Land Fuß gefasst hätten und heute noch erfolgreich arbeiten. Ihre Kinder gehen zur Schule.

Sie war auch eine ausgezeichnete Stylistin.

Genau um 18 Uhr klingelte es an der Tür. Marlene ist hier. Die Frau war fünfundfünfzig Jahre alt und seit sechs Monaten Witwe. Ihr Mann Stefan starb bei einem Autounfall.

Marlene sah sehr elegant und sexy aus. Sie trug ein kurzes, ärmelloses, tiefes Skater-Jersey-Kleid mit V-Ausschnitt von WAL G. Marlene trug keinen Büstenhalter, und der tiefe Ausschnitt des Kleides legte ihre Brüste in C-Größe frei. Das Kleid betonte perfekt ihren Sexappeal. Sie hatte schwarze Augenbrauen akzentuiert und ihre Augenlider waren mit silbergrauem Make-up gebürstet. Ihre Ohren waren mit Ringen aus Weißgold geschmückt. Marlene trug auch eine mittelgroße Weißgoldkette. An ihren Füßen trägt sie schwarze Schuhe mit mittleren Absätzen und offenen Zehen aus dem Modehaus Högl. Sie betonte die Nägel ihrer Hände und Füße mit einem warmen, dunkelroten Lack.

Werner begrüßte sie und sagte, sie sehe sehr gut aus und sei froh, dass Marlene nach dem Tod ihres Mannes abgeholt habe. Sie gingen auf die Terrasse. Im Gartenstuhl zog sich ihr Kleid ein wenig hoch und ihre Beine sahen in der Sonne einzigartig aus. Der glänzende Nagellack reflektierte die Sonnenstrahlen.

Werner fragte, was sie gerne trinken würde. Er bot ein alkoholfreies Getränk an, stilles Wasser und Kaffee. Sie tranken beide keinen Alkohol. Marlene entschied sich für einen kleinen Latte Macchiato und kalten Orangensaft. Werner hat sich Cola Zero ausgesucht.

- Wie geht es dir, Marlene?

- Eigentlich gut. Auch unserer Firma geht es gut. Ich habe mich von der direkten Arbeit zurückgezogen und beaufsichtige eigentlich nur. Ich habe einen Manager eingestellt und kontrolliere Arbeit, Verkauf und Ausgaben. Einmal pro Woche spricht das Team über die aktuellen Bedingungen des Unternehmens, Pläne und Probleme. Ich beaufsichtige auch persönlich die Einstellung aller neuen Mitarbeiter.

Marlene hatte drei Kinder. Die ältere Tochter Martina war bereits Ärztin und wollte Gastroenterologin werden. Sie hatte eine informelle Beziehung zu Udo, einem Kollegen in der Radiologie. Im Moment planen sie noch keine Ehe oder Kinder.

Der mittlere Sohn Heinrich beendete kein Studium. Er arbeitet als Grafikdesigner in einem IT-Unternehmen, das E-Shopping, Social Media-Werbung und Grafik-Computer-Projekte überwacht. Marlene sagte, er sei schwul und habe einen Freund Nick, der auch mit ihm zusammenarbeite. Sie leben seit fast einem Jahr zusammen. Sie planen, dieses oder Anfang nächsten Jahres zu heiraten. Sie möchten ein Kind, ein oder zwei Mädchen adoptieren. Die genauen Daten sind jedoch noch nicht bekannt.

Das dritte Kind, Jakob, war noch Student. Er studierte Biologie und wollte sich in Zukunft für den Naturschutz engagieren. Er lebte in einem

Studentenwohnheim, besuchte aber fast jedes Wochenende oder jeden Feiertag seine Mutter im Bergischen Land. Er hatte keine feste Freundin, aber von Zeit zu Zeit kam er mit einer Freundin vom Uni nach Hause.

Werner sprach auch über seine Kinder. Die ältere Tochter Sophie war bereits achtundzwanzig. Sie ist Pianistin und tritt derzeit mit einem Sinfonieorchester in Nordamerika auf. Sie ist noch nicht verheiratet, unterhält aber eine feste Beziehung zu ihrem Orchesterkollegen Hans, der Waldhorn spielt.

Der Sohn Wolfgang ist vierundzwanzig Jahre alt und steht kurz vor dem Studium-Abschluss. Er studiert Wirtschaftsmathematik. Seine Verlobte Anna ist Sekretärin in einer privaten Firma. Sie planen, nächstes Jahr zu heiraten.

Beide tranken alkoholfreie Getränke. Marlene war sehr erfreut, Werner besuchen zu können. Nach dem Tod ihres Mannes war sie depressiv und verbrachte die meiste Zeit allein zu Hause. Aber schließlich kehrte sie zu ihrem normalen Rhythmus zurück, wie Fitness, Schönheitssalons, Friseur, Maniküre, Pediküre und Arbeitsaktivitäten.

Werner schlug einen Besuch im Garten vor. In letzter Zeit hat sich hier viel geändert. Büsche und Bäume wuchsen weiter. In der Ecke des Grundstücks befand sich ein kleiner Teich mit einem Steingarten. Joanna hat den Garten im englischen Stil gestaltet. Es gab auch mehrere Familien von Bienen, Igeln und Mäusen. Die Vögel erhielten auch Wasser und Nahrung in der Nähe des Teiches. Während des Spaziergangs umarmte Marlene Werner. Das Kleid zeigte ihr den Rücken frei. Die Frau war begeistert vom Garten.

- Mein Garten ist nicht so schön, nur ein Rasen, zwei Bäume, ein paar Blumen. Ich habe weder Zeit noch Konzept für meinen Garten - sie gestand.

Werner sagte.

- Joanna habe das Design und das Konzept gemacht, aber tatsächlich kümmern sich unsere Nachbarn, ein altes Ehepaar, um den Garten. Sie sind beide im Ruhestand und verfügen über das notwendige Wissen und Zubehör.

LII.

Es war gegen acht Uhr. Der Tag war noch lange nicht vorbei. Die hellgelbe Sonne war noch hoch. Aber Marlene wollte nicht bis spät in die Nacht warten. Werner umarmte sie und beide betraten das Haus. Im Salon küsste Werner ihr Hals, ihre Nase und endlich kam es zu tiefen Zungenküssen zwischen ihnen.

- Marlene, komm nach oben. Flüsterte Werner in ihr Ohr.

Sie gingen beide ins Badezimmer. Kurz vor dem Bad entfernte Werner den Riemen von Marlenes Kleid und schob ihn auf den Boden. Die Frau hatte nur noch durchsichtiges Höschen und Schuhe. Sie knöpfte die Knöpfe an seinem Hemd auf. Gleichzeitig löste Werner den Gürtel von seiner Hose und schob sie auf den Boden. Sie küssten sich und gingen ins Badezimmer.

Sie gingen nackt unter die Dusche. Das Wasser war lauwarm. Werner ging zuerst aus und nahm ein großes Badetuch. Er besprühte seine Haut mit dem Duft von Mercedes-Parfüm. Er wickelte das Handtuch um seine Taille und ging ins Schlafzimmer. Marlene nahm auch ein großes Badetuch.

Sie glättete ihre roten Lippen mit Lippenstift und rieb ihre Brüste mit Körperöl. Sie nahm ein weißes "Mont Blanc"-Parfüm aus ihrem Haus, sah aber, dass ein

"Prada"-Parfüm auf dem Schminktisch lag. Sie benutzte diesen Duft. Sie betrat das Schlafzimmer, in dem Werner bereits auf dem Bett wartete. Er war halb auf der rechten Seite des Bettes gedreht. Er bedeckte sein Intimbereich mit einem Handtuch. Marlene stand an der Bettkante und fragte kokett:

- Darf ich reinkommen?

- Natürlich - sagte Werner und schob das Handtuch zurück.

Sein Mitglied war bereits teilweise geschwollen. Die Frau warf auch das Handtuch zurück und trat näher. Sie küssten sich beide intensiv mit der Zunge. Marlene wollte heute intensiven Sex haben und bewegte ihren Kopf zu Werners Oberschenkeln. Sie küsste seine Schenkel und rieb seine Füße mit ihren Händen. Werner küsste auch ihre schönen gepflegten Füße. Die Spannung seines Gliedes stieg.

Sie waren beide sehr glücklich. Ihre Muskeln spannten sich an. Nach ein paar Minuten wechselten die Liebenden ihre Position. Marlene lag auf dem Rücken. Werner ließ sich zwischen ihren Schenkeln nieder. Werners Brust klebte an Marlenes Brustwarzen. Sie küssten Hals, Gesicht und Mund. Der Verkehr war sehr angenehm.

Der sexuelle Akt war beide entspannend. Werner, der neben seiner Geliebten lag, streichelte ihre Brüste mit seinen Lippen. Dann nahm er eine dünne braune Decke und bedeckte ihre Beine und ihren Bauch. Marlenes Oberkörper blieb freigelegt.

- Danke, Marlene. Du hast mich sehr glücklich gemacht. Vielen Dank.

- Danke dir auch. Wir hatten wundervollen Sex. Du hast mich sehr geliebt. Das Schlafzimmer war dunkel.

- Schau, Werner, die menschliche Sexualität ist das schönste Geschenk Gottes. Warum können Menschen nicht im Klartext über ihr Sexualleben sprechen? Wenn sie dies tun, verwenden sie nur vulgäre, beleidigende Worte. Viele erwecken den Eindruck, nicht einmal zu wissen, was los ist. Für einige ist der männliche Penis wie eine Art Überhang, und die weibliche Vagina ist ein gerades röhrenförmiges Organ. Warum wissen Menschen sehr wenig über die Anatomie und Physiologie der Genitalorgane, die die Kopulation regulieren? Wie viele Menschen oder Generationen diskriminieren Frauen? Wenn eine Frau sagt, dass sie Sex mag, wird sie als unmoralische, perverse Person definiert.

- Ich denke nicht, dass die Welt so schlecht ist, und viele Leute denken anders - sagte Werner.

- Ich weiß, Werner, weil mein Stephan und du zum Beispiel echte Männer seid. Du denkst mehr. Du weißt mehr. Du bist einfach klug und offen, Du hast Respekt und Toleranz für alle. Du vergiftest dein Körper nicht mit Alkohol, Tabak oder Drogen. Wenn Leute medizinisches Fachwissen benötigen, können sie sich von Ihrem Arzt beraten lassen. Im Internet gibt es auch viel über ein sauberes, gesundes Sexualleben zu lesen. Heute wissen wir, dass die weiblichen und männlichen Geschlechtsorgane tatsächlich dieselben Elemente haben und aus denselben Geweben stammen. Sie sind einfach anders geformt. Ihr Penis hat erektiles Gewebe und meine Klitoris hat auch erektiles Gewebe. Ihr Penis hat eine Eichel, meine Klitoris hat auch eine Eichel und Vorhaut. Wenn du zum Orgasmus kommst, injizierst du dein Sperma, meine Drüsen injizieren auch ihr Ejakulat. Die weibliche Ejakulation entspricht der Entladung aus der männlichen Prostata. Das ist für mich selbstverständlich. Du küsst meine Klitoris und ich küsse deinen Penis. Jedes Körperteil hat den gleichen Genotyp, die gleiche DNA. Unser Körper ist einer.

- Werner, sei so nett. Bitte bring mir ein Glas Apfelsaft, verdünnt mit Mineralwasser - bat Marlene.

Werner zog seine Boxershorts an und ging in die Küche. Währenddessen trug Marlene ein auberginefarbenes Baumwolltop mit Spaghettiträgern und Shorts derselben Farbe. Sie legte auch eine braune Decke ordentlich auf das Bett. Werner kam mit zwei Gläsern zurück. Er bereitete sich verdünnten Orangensaft mit einem Eiswürfel zu.

Marlene war mit gekreuzten Beinen halb auf der rechten Seite des Bettes gebeugt. Ihre Fußsohlen berührten die Decke. Ihre rot lackierten Nägel sahen vor dem braunen Hintergrund sehr attraktiv aus.

Werner gab ihr ein Glas.

- Marlene, was du gesagt hast, ist sehr wichtig und interessant. Ich stimme dir voll und ganz zu. Leider gibt es in der Gesellschaft viele Tabus, die sich negativ auf das menschliche Leben, das Sexualleben, die Ehe oder andere Beziehungen auswirken. Ich meine auch die Diskussionen, die wir im Fernsehen oder im Radio hören, dass ein Mann schlauer ist, eine Frau nur emotional denkt und diese Art von Unsinn. Es ist ein großer Fehler zu glauben, dass der Islam beispielsweise Frauen als männliche Dienerinnen erniedrigt hat. Ich kenne den Koran nicht so gut wie Joanna, aber ich weiß, dass es in Sure 30:21 einen Satz gibt, der bedeutet:

Der Gott Allah für uns Männer von uns selbst Gattinnen erschaffen hat und zwischen uns Liebe und Barmherzigkeit gesetzt hat.[51]

Der Koran ist vierzehnhundert Jahre alt, und zu Beginn, als sich der islamische Glaube in der Welt etablierte, erhielten Frauen mehr Rechte als zu dieser Zeit üblich. Natürlich gibt es Unterschiede zwischen den beiden Geschlechtern, da ihre Aufgaben manchmal unterschiedlich sind. Der Koran ist das erste Buch, das Diskriminierung, körperliche Vergewaltigung und Ermordung von Frauen verbietet. Zu dieser Zeit war es beispielsweise üblich, eine neugeborene Tochter lebendig begraben zu lassen. Der Koran hat es verboten.[52]

Marlene schluckte ihren Saft.

- Du hast recht, Werner, aber wenn die Leute nicht so denken wie wir, ist es schade. Sogar Fragmente des Korans werden oft falsch interpretiert, meistens von Ungläubigen. Ich denke an die Sure, in der der Koran Frauen auch als Ackerland für Männer definiert, das er besuchen kann, wie er es wünscht. Viele interpretieren diese Worte falsch, dass ein Mann das Recht hat, so oft er will Sex mit einer Frau zu haben, und sie kann es

---

[51] [VLW 12.]
[52] [Koran Vierte Sure. Die Weiber] [VLW 4.]

nicht ablehnen. Weise Menschen sehen das anders. Sex und Sexleben sind für sie ein Geschenk Gottes. Ich habe drei Kinder. Du hast zwei Kinder. Aber wir hatten bisher alle Tausende von Geschlechtsverkehr, sogar mit mehreren Partnern. Das Ziel des Sexuallebens ist es also nicht nur, sich zu reproduzieren, sondern Sex ist es, beiden Geschlechtern Freude und Frieden zu bringen.

In vielen Ehen ist das Problem ganz anders. Wahrscheinlich beschweren sich Frauen sehr selten darüber, dass ein Mann zu oft Sex haben möchte. Das häufigste Problem ist, dass der Mann keinen Sex mit seiner Partnerin haben kann oder will und die Ehe wie ein Käfig für eine Frau ist. Es gibt keine Akzeptanz des außerehelichen Verkehrs in der Gesellschaft. Eine Lösung ist die Scheidung, die für Kinder meist eine emotionale Katastrophe darstellt. Das Problem ist, dass Männer nicht genug über die Sexualität von Frauen wissen und nicht alles verstehen. Außerdem pflegen viele verheiratete Paare ihr Sexualleben nicht ausreichend. Menschen vergiften ihre Seelen mit der Gewalt, die ununterbrochen im Fernsehen zu sehen ist, und der vulgären Sprache, die weit verbreitet ist.

- Ein Erwachsener liest nicht viele Bücher und geht nicht sehr oft in die Oper oder ins Theater. Auch der Glaube ist größtenteils kein wahrer Glaube, sondern eine bloße Pflicht, die "gut aussieht". Frauen sind auch nicht unschuldig. Sie rauchen viel, trinken Alkohol, ernähren sich schlecht und trainiert kein Sport. Es schädigt ihren Körper, ihre Nerven und Blutgefäße.

- Marlene, du hast viel über dieses Thema nachgedacht. Du kannst Sexualerziehung in der Schule unterrichten - bemerkte Werner.

- Oh, du bist sehr nett. Meiner Meinung nach ist klar, was ich gesagt und von dir gehört habe, wir müssen nicht sprechen, Wir müssen nur mehr nachdenken. Werner, kennst du Heidi, die Frau unseres Pastors Matthias?

- Ah ja, Heidi von deiner evangelischen Kirche - bestätigte er.

- Ja, genau, sie ist tatsächlich eine Ärztin, eine leitende Oberärztin in unserer Chirurgie Klinik. Nächstes Jahr sollte sie Abteilungsleiterin werden. Wir drei, ich, Joanna und Heidi, trafen uns von Zeit zu Zeit in einem Café oder bei jemandem zu Hause, um Tee, Kaffee mit einem guten Kuchen zu trinken. Wir haben dieses Thema schon oft diskutiert. Heidi und Matthias, ihr Ehemann, haben vier Kinder. Sie ist eine Person, die kurze Kleider, kurze Röcke mag. Das ist sein Stil. Sie wiederholte oft:

Im Krankenhaus trage ich lange weiße Hosen und einen weißen Kittel, ich trage im OP-Saal einen langen grünen OP-Anzug und möchte ihn bei der Arbeit lassen. Ich wünschte, ich könnte mich draußen gut fühlen. Ich mag meine Beine und ich habe kein Problem damit, Miniröcke zu tragen.

- Ich habe sie einmal gefragt, was ihr Mann, der Pastor, darüber gesagt hat. Manchmal fiel es mir schwer, mir einen Pastor vorzustellen, der neben seiner Frau stand und sexy aussah.

Sie erzählte mir, dass es ihrem Mann gefiel und begann zu erklären.

Warum sollte er mir verbieten, für mich selbst zu tun, was er will? Er liebt mich so wie ich bin. Er hat mich tatsächlich vor fünfundzwanzig Jahren getroffen, weil ich schöne Beine hatte. Damals, beim ersten Treffen, waren ihm mein Herz und meine Gedanken unbekannt. Der erste Kontakt war, weil meine Beine für ihn sehr schön und attraktiv aussahen. Es wäre eine Verletzung unserer Liebe, wenn er jetzt sagt:

Bitte legen Sie Ihre Beine nicht frei.

Heidi mochte diesen Stil einfach und wollte es immer tun. Natürlich gibt es verschiedene Situationen, in denen sie Hosen oder ein Maxikleid tragen sollte.

Natürlich hängt die Kleidung auch vom Anlass und vom Wetter ab.

Ihre Joanna war immer perfekt mit ihrem Outfit und ihrer Kleiderordnung.

- Hast du heute bemerkt, Marlene, dass ich während meines Orgasmus nicht stark ejakuliert habe? - Werner wechselte das Thema.

- Ja, es ist auch ein natürlicher Prozess. Wir werden nicht jünger oder gesünder. Aus diesem Grund gehen Frauen zu Gynäkologen und Männer zu Urologen, und Hormonmängel können pharmakologisch ergänzt werden. Das Wichtigste ist jedoch, dass die Menschen ein gesundes Leben ohne Alkohol und Tabak führen. Stimulanzien und ungesunde Ernährung zerstören uns ebenfalls.

Werner küsste ihre Brüste.

- Können wir jetzt runter gehen? Ich wollte etwas Haferflocken essen und etwas trinken. - Er hat gefragt.

- Oh, froh, dass du mich heute so intensiv gestreichelt hast, ich brauche auch eine kleine Verstärkung.

Die Frau lachte.

LIII.

Marlene zog tatsächlich nach Werner. Ihr Haus diente jetzt als Lagerhaus für alte Sachen und als Unterkunft für Gäste. Sie war sehr glücklich mit Werner. Werner war vierundsechzig Jahre alt, und Marlene war sehr besorgt um seine Gesundheit. Er musste regelmäßig einen Kardiologen und Urologen aufsuchen und sein Blutdruck wurde ständig überwacht. Er erhielt Tabletten von einem Urologen wegen einer Vergrößerung der Prostata und Sildenafil zur Stärkung seiner Potenz. Ihr Sexualleben nahm auch eine andere Ebene. Als natürlicher Prozess brauchten beide ein etwas längeres Vorspiel und der Verkehr, um ihn zufrieden zu stellen. Es war egal, da beide genug Zeit hatten, ihren Körper zu genießen. Während des Geschlechtsverkehrs massierten sie sich meistens gegenseitig und kombinierten traditionellen und Oralsex.

Marlene besuchte auch regelmäßig ihren Frauenarzt und erhielt eine geeignete Hormontherapie für ihre Wechseljahre. Sie kümmerte sich um die vaginale Umgebung und verwendete spezielle Vaginalzäpfchen, wie vom Arzt empfohlen. An sonnigen Tagen nutzten beide einen Teil des FKK-Gartens.

Werner war beruflich weiterhin sehr aktiv, obwohl seine Anwälte fleißig, gut und aktiv waren. Er wollte sich immer noch um alles kümmern. Die Anwaltskanzlei genoss einen guten Ruf und erweiterte den Markt.

Marlene beaufsichtigte gerade ihre Firma.

Beide hatten bereits erwachsene Kinder, die gelegentlich Kontakt zu ihren Familien hatten.

Es war sonniger Juni. Am nächsten Tag sollte Marlene ihren sechsundfünfzigsten Geburtstag feiern. Aus diesem Grund bereiteten beide eine Geburtstagsfeier vor. Die Kinder von Marlene und Werner und Matthias mit Heidi sollten kommen.

Abends stand die Frau nach dem Duschen im Badezimmer und beobachtete aufmerksam ihren Körper. Sie spannte die Muskeln ihrer Beine und ihres Bauches an und sah auf ihre Brüste. Sie fragte sich, welche Kleidung sie für diesen Anlass vorbereiten sollte. Sie wollte schön aussehen. Sie besuchte am Vortag auch einen Schönheitssalon. Sie machte sich eine kosmetische Maske, Pediküre und Maniküre. Ihre Füße waren immer gepflegt und von Schwielen befreit. Die Nägel sind mit dunkelrotem Lack hervorgehoben.

Am nächsten Tag zog Werner einen eleganten Anzug mit einem weißen Hemd und einer kleinen Fliege an.

Marlene sah atraktiv aus. Sie zog eine elegante transparente KRISP-Chiffonbluse mit bogenförmigem Ausschnitt in weinroter Farbe an. Das durchlässige Material betonte ihre Brüste und Brustwarzen. Sie wollte bewusst einen solchen Effekt erzielen. Sie bereitete einen schwarzen Lederminirock vor. Bei dieser Gelegenheit bestellte sie goldene "Valerie" - Sandalen bei ABOUT YOU.

Die Gäste kamen um 18 Uhr an. Matthias und Heidi standen an erster Stelle. Der Pastor sah in einem weißen Hemd und einer weißen Hose, braunen Halbschuhe und einer königsblauen Jacke sehr elegant aus. Seine Frau trug Olivers kurzes weißes Cocktailkleid mit tiefem Ausschnitt. Sie trug silberne "Anja"-Sandalen von Buffalo. Dann kamen die anderen Gäste. Die Veranstaltung fand in einer schönen, freundlichen Atmosphäre statt. Zu diesem Zeitpunkt hörten sie das von Doris Day interpretierte Lied "Dream a Little Dream of Me".[53]

Werner und Marlene traten in die Mitte des Wohnzimmers. Marlene war dankbar für den Besuch und die Geschenke.

---

[53] [VM 4.]

- Ich wollte etwas sagen. Ich habe das beste Geschenk von Werner bekommen. Werner bat mich, ihn zu heiraten, und ich akzeptierte seinen Vorschlag.

Alle standen auf, lachten und applaudierten Marlene und Werner. Braut und Bräutigam und die Gäste leerten mit Mineralwasser gefüllte Kristallgläser. Diesmal stammt der Text des Liedes "Liebe Ist Alles" von Rosenstolz aus Berlin aus dem Bose-System.[54]

Sophie ging zum Klavier und spielte damit. Marlene und Werner tanzten in der Mitte. Die Gäste bildeten beim Tanzen spontan einen Kreis.

Matthias und Heidi gingen zum Ausgang und warteten auf ihre Gastgeber. Sie bemerkten, dass Heidi und ihr Mann sich verabschieden wollen. Sie näherten sich ihnen kurz. Musik und Tanz gingen weiter.

- Vielen Dank für euren Besuch und das Geschenk - sagte Marlene.

- Vielen Dank Heidi, du siehst heute großartig aus - fügte Werner hinzu.

 Oh, Werner, du bist sehr nett - bedankte sich Heidi.

---

[54] [VM 12.]

- Nochmals viel Glück für dich, Marlene, und für euch beide auf die neue Lebensweise - sagte Matthias und fügte dann hinzu.

- Bleib bei Gott!

Ein Zitat des Koran:

Und Allah hat euch aus den Leibern eurer Mütter hervorgebracht, während ihr nichts wusstet. Und Er hat euch Gehör, Augenlicht und Herzen gegeben, auf dass ihr dankbar sein möget.[55]

---

[55] [Koran 16:80] [VLW 12.]

Verzeichnis von Musik [VM]:

1. Georges Bizet (1838 - 1875), "Carmen", eine Oper in 4 Akten, das Libretto schrieben Henri Meilhac und Ludovic Halévy nach der gleichnamigen Novelle von Prosper Mérimée; komponiert 1873–74; Uraufführung in Paris 03.03.1875,

2. Aram Chatschaturjan (1903-1978), "Säbeltanz" aus dem Ballet "Gayaneh", 1942,

3. Frédéric Chopin (1810-1849),

   - Klavierkonzert e-Moll, Opus 11, 1830,

   - 2. Klavierkonzert f-Moll, Opus 21, 1829-1830,

   - Mazurkas, Opus 68 No 3, 'Allegro Ma Non Troppo', 1829,

   - Nocturne: b-Moll Opus 9 No 1, Es-Dur Opus 9 No 2, F-Dur, Opus 15 No 1, Des-Dur Opus 27 No 2, 1827-1846,

- Polonaise As-Dur, Opus 53, "Heroique", 1842-1843,

- "Trauer Marsch", Opus 72/2, 1826,

4. Doris Day (1922-2019), "Dream a Little Dream of Me" von Album "Day By Night" 1957,

5. Céline Dion, geboren 30.03.1968, Album: "Let's Talk About Love", 1997:

   - "My heart will go on",

   - "When I need You"

6. Roberta Falk, geboren am 10.02.1937, "Killing Me Softly With His Song", 1973,

7. Mary Hopkin, geboren am 03.05.1950, "Those Were The Days", 1968,

8. Wolfgang Amadeus Mozart (1756-1791),

   - 7. Klavierkonzert für 3 Klaviere und Orchester F-dur KV 242, 1776,

   - Fantasie für Klavier c-moll KV 396, 1782,

- Fantasie für Klavier c-moll KV 475, 1785,

- Fantasie für Klavier d-moll KV 397, 1785,

- Rondo für Klavier D-dur KV 485, 1782,

- Rondo für Klavier a-moll KV 511, 1787,

- "Die Zauberflöte", KV 620, eine Oper in 2 Akten, Libretto von Emanuel Schikaneder, Uraufführung am 30.09.1791,

9. Giacomo Puccini (1858-1924), "Madame Butterfly", Libretto von Giuseppe Giacosa und Luigi Illica, Uraufführung als Zweiakter am 17.02.1904; Uraufführung als dreiaktigen Neufassung am 28.05.1904,

10. Alla Borissowna Pugatschowa (Алла Борисовна Пугачёва), geboren 15.04.1949, Album "Золотые песни" (Golden Songs),

- "Всё могут короли" (Könige Dürfen Alles), 1978 der Grand-Prix des 2.

Intervision Liederwettbewerbs Festivals in Sopot, Polen,

- "Старинные часы" (Alte Uhr), 1982,

11. Nikolaj Andrejewitsch Rimski-Korsakow (1844-1908), "Scheherezade" – Sinfonische Suite nach der Erzählung "Tausendundeiner Nacht", Opus 35, 1888,

12. Rosenstolz Gruppe, gegründet 1991, "Liebe Ist Alles" von Album "Herz" 2004,

13. The Rubettes, "Sugar Baby Love" von Album "Wear It's At", 1974,

14. Mikis Theodorakis – Musik, Nikos Kazantzakis – Choreographie, "Zorbas's Dance" von Film „Alexis Sorbas", 1964,

15. Pjotr Iljitsch Tschaikowski (1840-1893),

- "Blumenwalzer" aus der Suite "Nussknacker" Opus 71a

- 1. Klavierkonzert b-Moll Opus 23, 1874,

16. Bonny Tyler, geboren am 08.06.1951, "It's A Heartache", 1978,

17. Giuseppe Verdi (1813-1901), Chorwerk "Va pensiero" von der Oper "Nabucco", Uraufführung am 09.03.1842.

Verzeichnis von Gemälde [VG]:

1. Giorgione und Tizian, "Schlummernde Venus", gemalt 1508-1510, Gemäldegalerie Alter Meister im Zwinger, Dresden,

2. Rembrandt Harmenszoon van Rijn oder kurz Rembrandt (1606-1669), "Mädchen im Bilderrahmen" (alternativ "Jüdische Braut"), gemalt 1641, Warschauer Königsschloss,

3. Parmigianino, eigentlich Girolamo Francesco Maria Mazzola (1503-1540), "Madonna mit dem langen Hals", gemalt 1532-1540, Gemäldegalerie Alter Meister im Zwinger, Dresden,

4. Leonardo da Vinci, eigentlich Leonardo di ser Piero da Vinci (1452-1519),

   - "Mona Lisa", gemalt 1503-1506, Musée du Louvre, Paris,

   - "Porträt einer Dame mit einem Hermelin" oder gewöhnlich "Dame mit einem

Hermelin", gemalt 1488-1490, Das
Prinzen Czartoryski Museum in Krakau.

Verzeichnis von Literatur, Webseiten [VLW]:

1. "Der Koran für Kinder und Erwachsene", Übersetzt und erläutert von Lamya Kaddor und Rabeya Müller, C.H. Beck Verlag 2014,

2. "Koran erklärt", Herausgegeben von Willi Steul, Shurkamp Verlag 2017,

3. Antoine de Saint-Exupery, "Der Kleine Prinz", Anaconda Verlag GmbH, Köln 2015,

   - eISBN 978-3-7306-9091-8;

   - ISBN 978-3-7306-0228-7,

4. "Der Koran", Übersetzung von Max Henning, Vergangenheitsverlag 2010,

   ISBN 9783940621283,

5. https://forumdialog.org/maria-im-koran/

6. https://islam-ist.de,

7. https://kirche-mv.de/losung/bibel/ue/1mos2.htlm,

8. https://lyricstranslate.com/de/Alla-Pugacheva-Starinie-Chasi-STARINYE-CHASY-lyrics.html,

9. https://lyricstranslate.com/de/habanera-l039amour-est-un-oiseau-rebelle-carmen-habanera.html,

10. https://lyricstranslate.com/de/papageno-papagena-duet-papageno-papagena-duet.html

11. https://www.songtexte.com/songtext/celine-dion/when-i-need-you-13d65561.html,

12. www.islam.de/13822,

13. www.osservatoreromano.va/de/news/maria-im-koran,

14. www.wikipedia.de

Verzeichnis von Firmen und Marken:

1. ABOUT YOU
2. Adidas
3. Amazon Inc.
4. Apple Inc.
5. Apple of Eden
6. Aztec Bandeau Kleid
7. Birkenstock
8. Boohoo
9. Bose
10. bonprix Handelsgesellschaft mbH
11. BMW X5
12. Bruno Banani
13. Buffalo
14. Bugatti Schuhe
15. CHRIST Juweliere
16. Coca-Cola Zero
17. Converse

18. Dacia Duster

19. Deutsche Bahn

20. Deutsche Oper am Rhein

    - Opernhaus Düsseldorf

    - Theater Duisburg

21. Douglas Parfümerie

22. Durex

23. Facebook

24. Fluege.de

25. Ford

26. Gabor

27. Google

28. Guido Maria Kretschmer

29. Heine

30. Högl

31. Hotel "Bania" Thermal & Ski in Białka Tatrzańska, Polen

32. Hotel "Evita" Sun Resort in Faliraki – Rhodos, Griechenland

33. iPhone

34. iTunes

35. KRISP

36. Lamica

37. LeGer by Lena Gercke

38. Lipton

39. LTB

40. Opel

41. MANGO

42. MediaMarkt

43. Mercedes Benz C-Klasse von Daimler AG

44. Mercedes Benz Duft

45. modström

46. Mount Blanc Parfum

47. Navahoo

48. Nikon

49. ONLY

50. Otto GmbH & Co KG

51. PETER KAISER

52. Philips – SpeechLive Service

53. PIER ONE

54. posterXXL

55. Prada Parfum

56. Puma

57. RAINBOW

58. Ritex

59. RMF FM Rundfunk

60. Scholl

61. Siemens

62. Steinway & Sons

63. Sprite Zero

64. Tamaris

65. Thomas Sabo

66. tolino shine 3 eBook-Reader

67. TOMMY HILFIGER

68. Tom Tailor

69. Vagisan von Dr. August Wolff GmbH § Co. KG

70. WAL G.

71. WDR4 Rundfunk

72. WizzAir

73. Wittchen

74. Zalando

Inhaltsverzeichnis: